李遠與小野

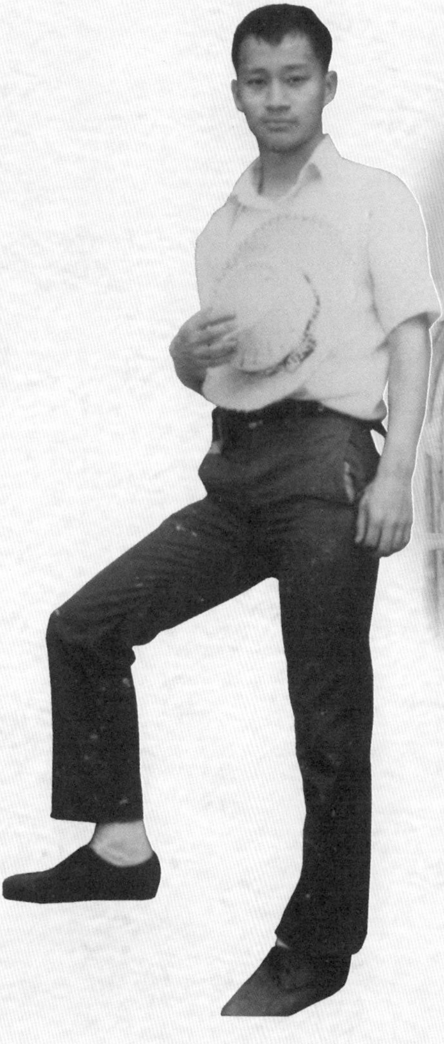

墓誌銘

躺在這裡的不是
小野，是我。

當世人以「小野」之名認識了我之後，我卻漸漸對自己陌生了起來。原來那個不馴服、愛哭的小孩跑去哪裡了？

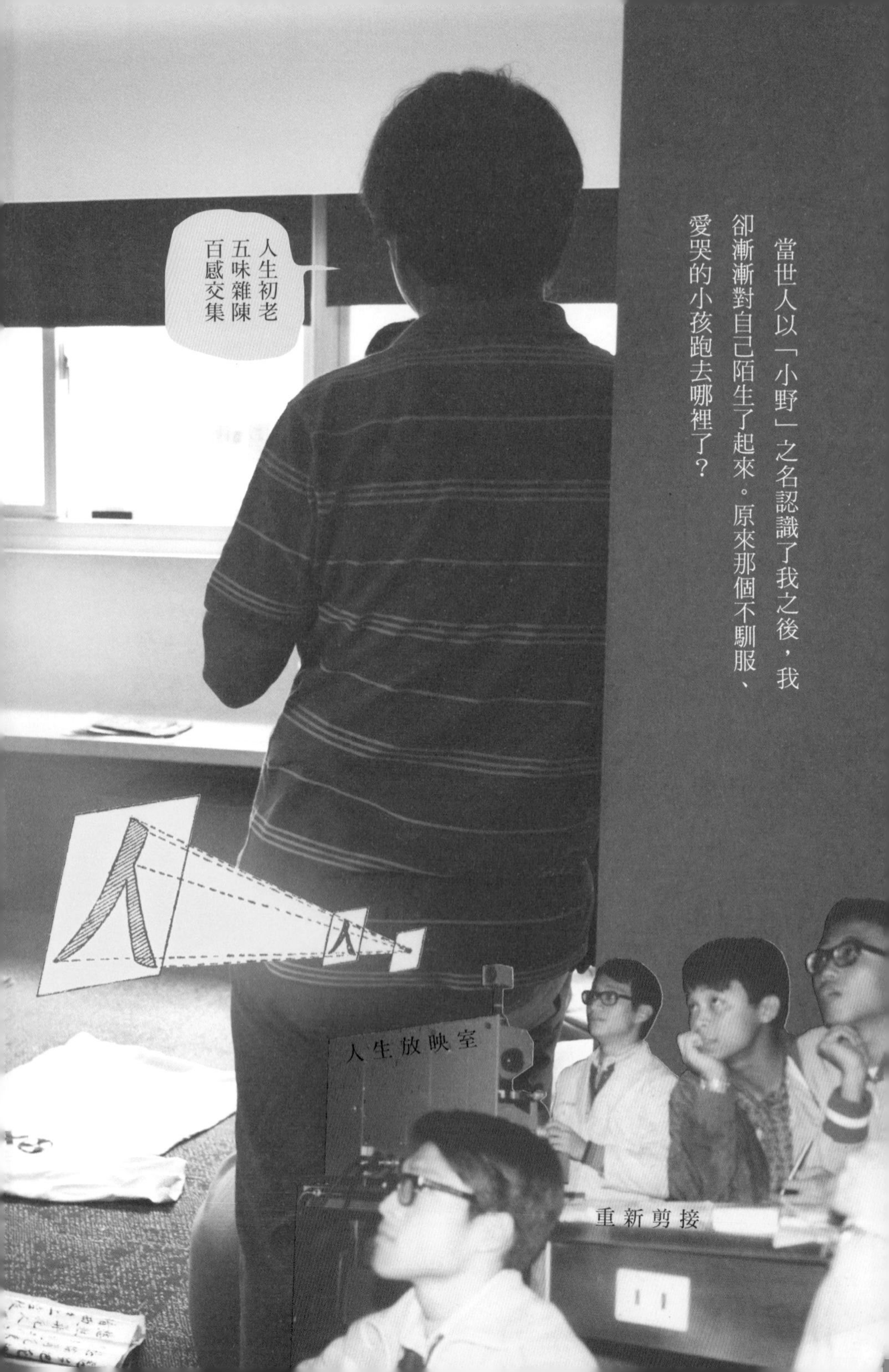

黃色潛水艇裡的探險

我只知道，那個小孩長大後什麼都想要嘗試一下：生物科學、文學、電影、愛情、婚姻，最後他和群眾走上了街頭。他是一個迷路的小孩，並不清楚家的方向。

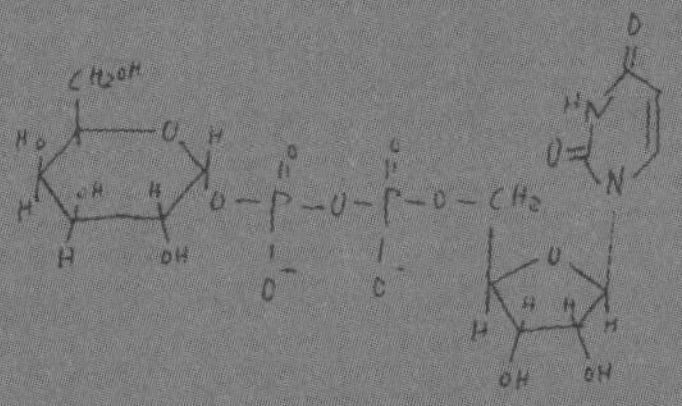

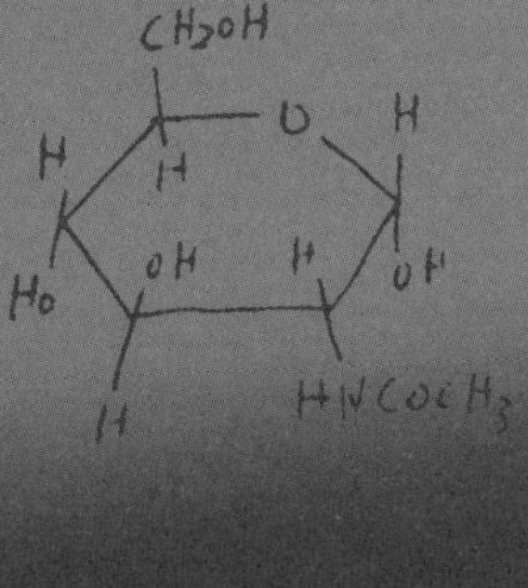

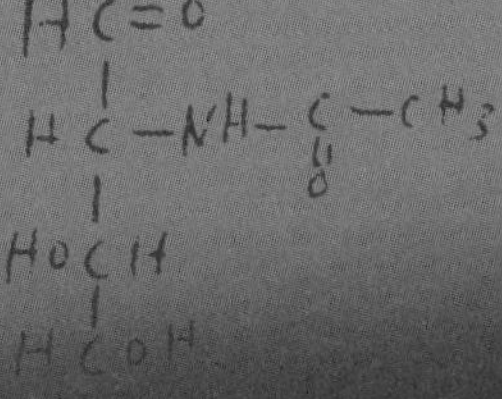

馴服

從小我就很倔強，不輕易被馴服，始終反抗到底。

在幼稚園裡，我是最愛哭，最常被叫去罰跪、懺悔的孩子。

小野們……

就在二十二歲那一年，我用小野做為筆名，從此世人以此面貌認識我。

國王小丑自畫像

記憶船艙
小野告解
水手與黃色潛水艇
初老不是人生的下半場，而是延長賽

重返青春的水手

當設計師問我說，你想要一個什麼樣的「家」時，我毫不猶豫地說：我要一艘黃色潛水艇。這艘潛水艇是我的工作室，也是我的心理診療室。初老的我，像是一個重返青春的水手。我可以沉在深深的海底，開始安靜又誠實的和那個迷路的小孩對話，必要時再浮出水面。

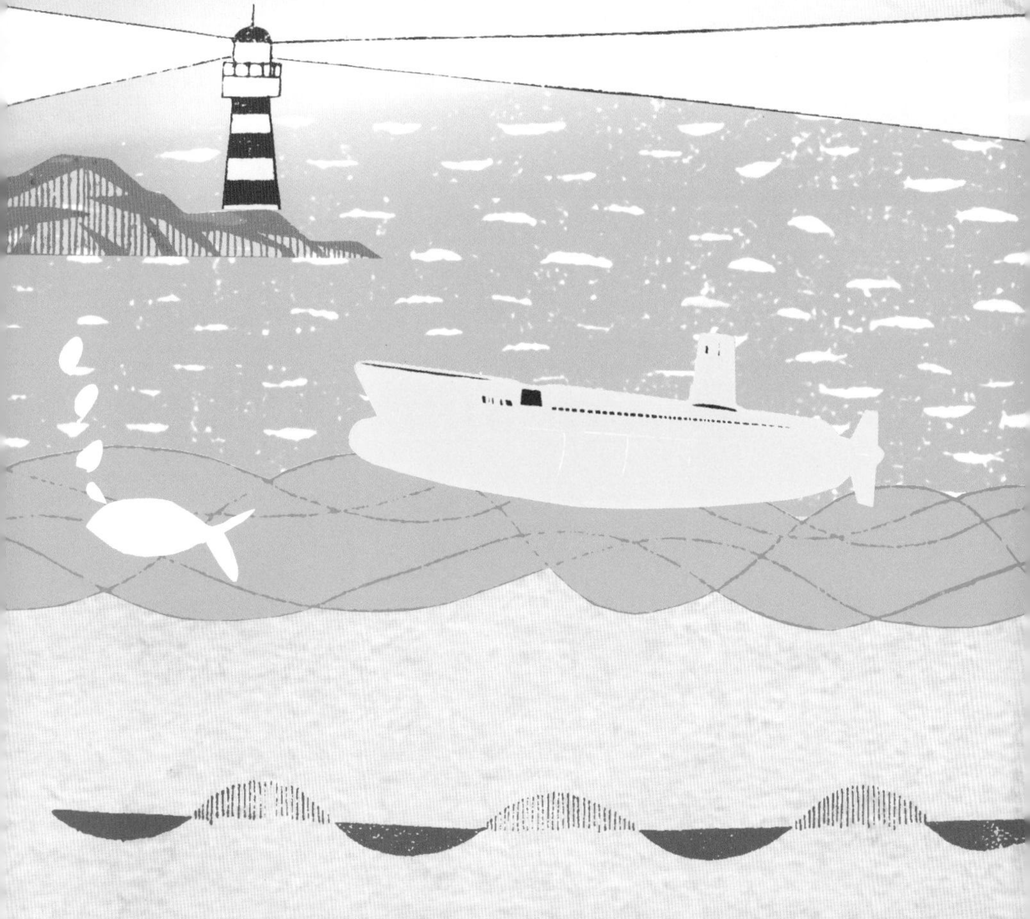

爸爸在植物園寫生時，
總是帶著我。

父親的噩夢

爸爸在我兩歲時做了一個噩夢，夢中有一個高大的女人把我抱走了。爸爸驚魂未定的把這個噩夢畫了下來，似乎預言了我後來的人生。因為「高大的女人」象徵了一種溫柔又強大的力量，在人生的旅途中庇佑著我，擺脫爸爸的強大控制。

我們的家

當中國正陷入國共內戰的混亂時，年輕的爸爸決定逃離故鄉，搭上一艘台交一二六號機帆船來到剛剛才脫離日本統治的台灣，開始他的新生活。他從此沒有再回去故鄉，並且告訴他的子孫說：他是開台第一代。他想要在異鄉的台灣重建家業。從此我的生命永遠也擺脫不掉「異鄉」、「逃難」、「認同」和「船」的意象。所以我最嚮往的家，就是一艘潛水艇。

父親畫的素描，描述當初的情景。

植物園是我成長茁壯的地方。

如果不是因為戰亂，如果能接受良好的教育和訓練，爸爸應該會是一個很有成就的藝術家。他所有的生活技藝和專業全都是自學的。他的正職是統計課長，副業是雕佛像畫門神。他的觀音像是以祖母做為臨摹的對象。

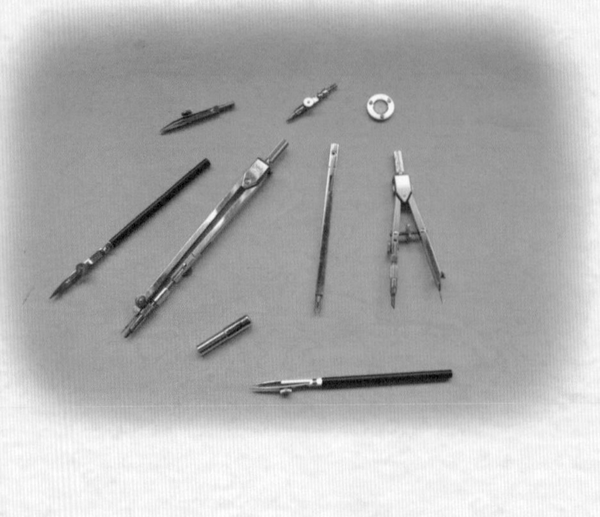

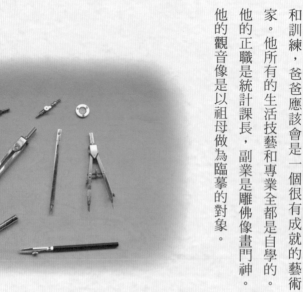

沉思
夏老師

父親的水彩作品，日久他鄉變故鄉。

生命中的兩個女人

爸爸噩夢中把我搶走的女人，在真實世界中有很多。其中包括我的祖母和我的二姊。祖母對我的愛是有點重男輕女的寵愛，從小我陪伴在她身邊，向她索討任何東西，她一定會給，如果不給，我就躺在地上耍賴。祖母在七十歲之後失智，進入了魔幻世界整整十年，我從八歲到十八歲，替她完成所有的幻想，也許那是我人生第一次的編劇工作。

阿嬤的愛

我的二姊強悍而溫柔，從我小時候就最疼愛我，一直到現在。總是在我最挫折低潮的時候向我伸出援手。

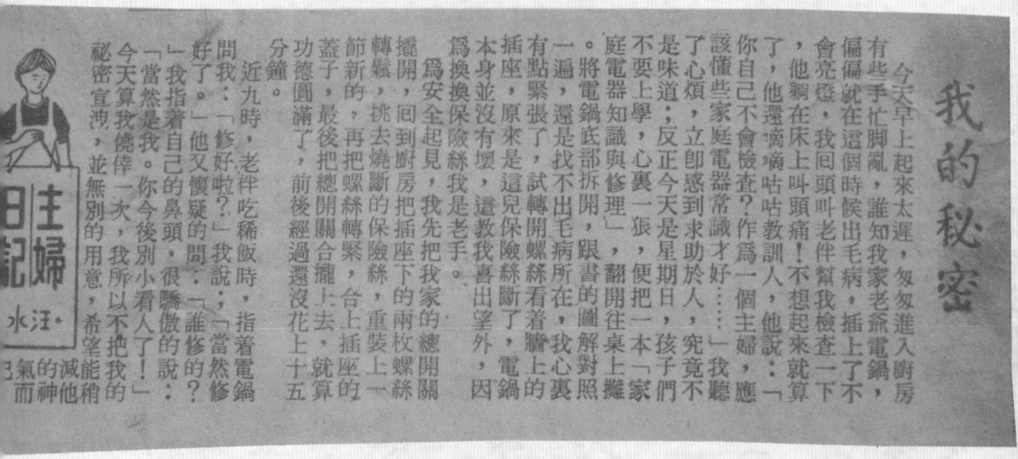

我的秘密

主婦日記

·汪水

今天早上起來太遲，匆匆進入廚房有些手忙脚亂，誰知我家老爺電鍋，偏偏就在這個時候出毛病，插上了不會亮燈，我回頭叫老伴幫我檢查一下，他躺在床上叫頭痛！不想起來就算了，他還嘀嘀咕咕教訓人，他說：「你自己不會檢查？作爲一個主婦，應該懂些家庭電器常識才好……」我聽了心煩，立即感到求助於人，究竟不是味道；反正今天是星期日，孩子們不要上學，心裏一狠，便把一本「家庭電器知識與修理」，翻開往桌上攤。將電鍋底部拆開，跟書的圖解對照一遍，還是找不出毛病所在，我心裏有點緊張了，試轉開螺絲看着牆上的插座，原來是這兒保險絲斷了，電鍋本身並沒有壞，這教我喜出望外，因爲換換保險絲我是老手。

爲安全起見，我先把我家的總開關搖開，回到廚房把插座下的兩枚螺絲轉鬆，挑去燒斷的保險絲，重裝上一節新的，再把螺絲轉緊，合上插座的蓋子，最後把總開關合攏上去，就算功德圓滿了，前後經過還沒花上十五分鐘。

近九時，老伴吃稀飯時，指着電鍋問我：「修好啦？」我說：「當然修好了。」他又懷疑的問：「誰修的？」我指着自己的鼻頭，很驕傲的說：「當然是我。你今後別小看人了！」今天算我僥倖一次，我所以不把我的秘密宣洩，並無別的用意，希望能稍減他的神氣而

母親文章剪報。

母親的日記，上頭有父親的眉批。

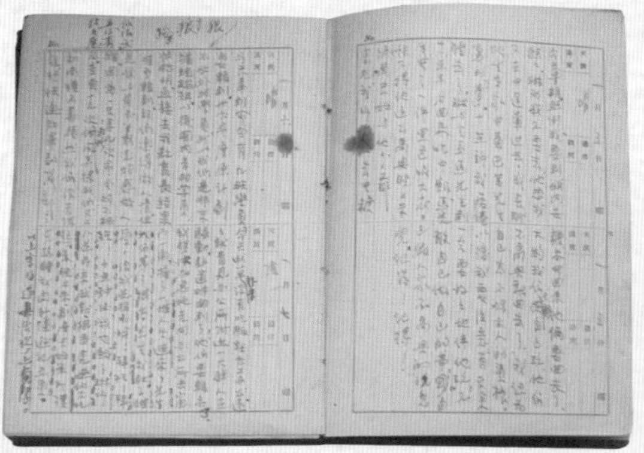

母親的祕密

我的媽媽是個充滿新思想的讀書人，為了照顧孩子才辭去師大的工作，成了全職的家庭主婦。她在家務之外以寫作來貼補家用。媽媽的親戚中有不少人因為白色恐怖被害，她常常為這些親戚四處奔走求援，在亂世中爭取公義。

族譜故事

我的外公叫做黃光遠，我的名字就是為了紀念他。他寫了一本目前為止沒有人能理解的家族史。

爸爸一向以自己開明、活潑的教養方式為傲。他常常譏笑那些崇尚打罵教育的父母說：「這是似愛之虐，違反自然的精神虐待，不足效法。」爸爸很努力地想做好一個爸爸的角色，因為太用力了，反而不如母親的無為而治、信任孩子。母親是用一種欣賞、尊重的態度陪伴我們長大。

父親的威嚴

汪水

去年秋天的一個晚上，外子的老同學林先生領女兒來台北唸師大，當晚在我家吃飯，我夫婦及大女兒奉陪，席間林先生大談管教兒女之道，聽來頭頭是道，當然有他成功的一套，酒過三巡，他們老同學倆竟大抬槓子；林先生特別愛護兒女，因此不惜採取絕對嚴格的政策，林先生說：「國有國法，家有家法。」他鑒於方今世風日下，立下了許多單行法，如家裏不許吹口哨、唱歌、彈吉他，課餘只許在家做功課，不許看電影或結伴交遊，女孩子不能隨便與男孩子一起等等，外子問他：「他把孩子們囚禁在家爲什麼意思？」他說：「一來免得習染不良習性，二來勤於功課爭取金榜題名，全是愛孩子的作法。」外子說：「這是似愛之虐，是一種違背自然的精神虐待，實不足現代人效法。」

林先生即席對來台北唸大學的女兒，昭示幾個要點：一、不許跳舞、唱歌和看電影；二、不許參加男女混雜的團體活動；三、課餘仍以復習功課爲主，如時間精神許可，可以兼個家庭教師。說到這裏，外子插嘴說：「應該註明，只許教女生，才夠周密，」說得林先生自己也哈哈大笑了。這一頓飯，光聽這兩位父親的妙論，就夠消痰化氣的了。我認爲管教子女也離不了中庸之道，對兒女不加管束，當然不可以，如果管得過份嚴厲，把孩子管得呆呆的，無異限制其身心的發展，影響其未於的前途，絕非教育之道，筆者對兒女的管教一向主張嚴謹，可是這位林老先生還比我認眞得多呢。

家常話

母親文章剪報。

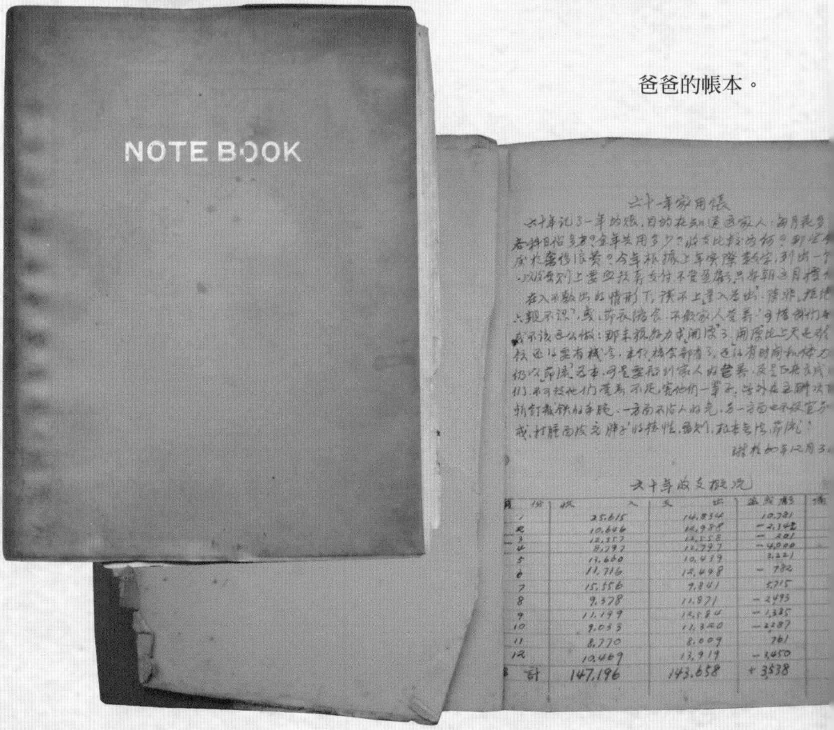

爸爸的帳本。

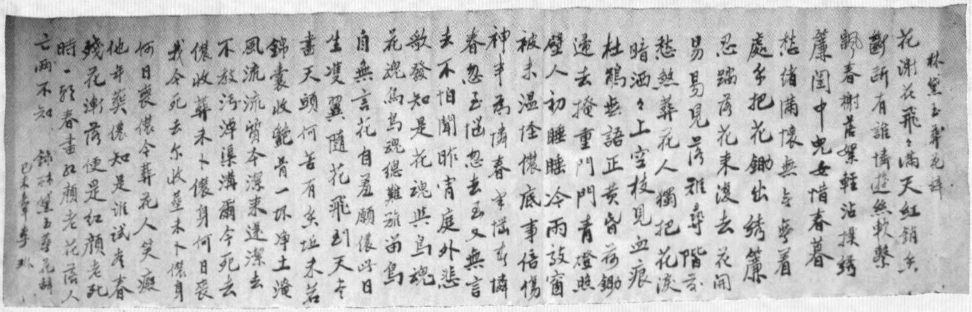

爸爸書法作品〈葬花詞〉，用此磨練意志力。

我用更強大的意志力反抗父親的安排，結果反而成為寫了一百本書的作家，為自己構築了一個城堡。自己躲在城堡內。

終於成爲了作家

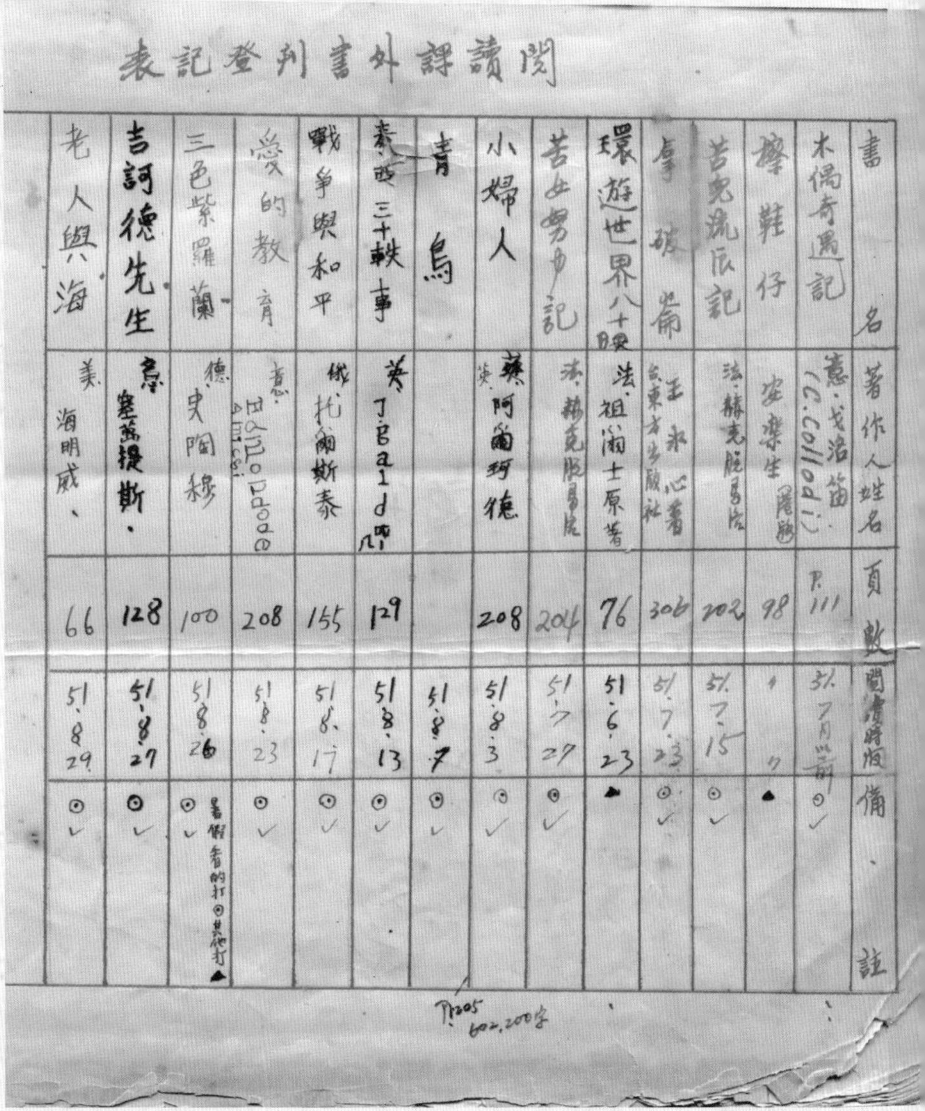

閱讀課外書刊登記表

書名	著作人姓名	頁數	閱讀時間	備註
木偶奇遇記	意.戈洛笛(C.Collodi)	P.111	51.7月以前	⊙✓
擦鞋仔	安樂生（[illegible]）	98	7	▲
苦兒流浪記	法.赫克脫馬洛	202	51.7.15	⊙✓
拿破崙	王永心著 台東方出版社	306	51.7.23	⊙✓
環遊世界八十天	法.祖爾士原著	76	51.6.23	▲
苦女努力記	法.赫克脫馬洛	204	51.7.29	⊙✓
小婦人	英.阿爾珂德	208	51.8.3	⊙✓
青鳥			51.8.7	⊙✓
泰西三十軼事	英.J.Baldwin	129	51.8.13	⊙✓
戰爭與和平	俄.托爾斯泰	155	51.8.17	⊙✓
愛的教育	意.Edmondo de Amicis	208	51.8.23	⊙✓
三色紫羅蘭	德.史陶穆	100	51.8.26	⊙✓ 暑假看的打⊙其他打▲
吉訶德先生	西.塞萬提斯	128	51.8.27	⊙✓
老人與海	美.海明威	66	51.8.29	⊙✓

P.1205 602,200字

爸爸指定我要閱讀的課外書籍。

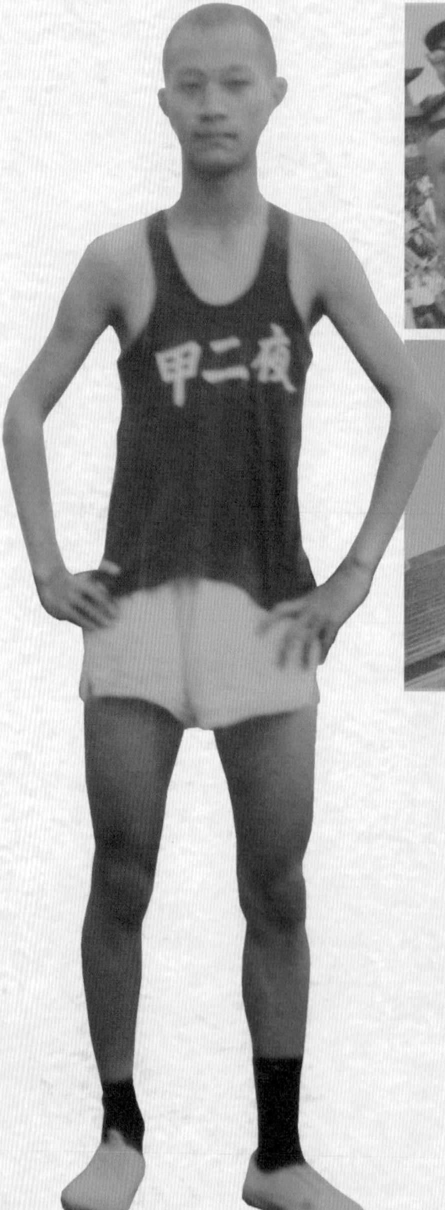

運動會

高中跑三千公尺，從最後一名慢慢超前每一個人。我用了超過自己負荷的速度向前衝。最後倒在終點線上，被同學扛著離開跑道。我替班上拿下了全校田徑總冠軍。

成為英雄

我回憶著自己逝去的歲月，自己做的每件事情，都是繃緊神經全力以赴直到筋疲力竭。外表看似從容、幽默、優雅，其實是掩飾內在的焦慮和不安。於是我在剛剛使用臉書時，用了本名，也用了跑三千公尺的照片。

漂／黑狗兄

黑暗的青春期

小學全校第一名。初中全校最高票模範生的我，高中聯考失利，落到第六志願的成功高中夜間部，那是我生命中最重要的黑暗時期。內心的仇恨和憤怒和爸爸的悲傷、自憐完全結合在一起。

從小爸爸告訴我們兄弟說，這世界充滿不公不義，你們要替我復仇！

天空沒有翅膀的痕跡
而我已經飛過

絕望之後的昇華

高中時代我經常被老師毆打，並且揚言要開除我，這些折磨連結了整個時代和成長中的被壓抑，甚至精神虐待，形塑了我後來藉由文學和電影來宣洩這些情緒，是一種絕望之後的昇華。我在侯孝賢的《童年往事》和楊德昌的《牯嶺街少年殺人事件》找到了自己生命的原型。後來才發現，我和侯孝賢和楊德昌來自極相似的族群和成長背景。

美國照

在美國紐約水牛城攻讀「分子生物學」，是我想成為科學家的終點站，在這裡，我決定面對真實的自己。

一九八〇

在中美斷交時，台灣出現大量往美國的移民潮。我逆流回鄉，彷彿預知一九八〇的台灣，有重大的事情正等著我參加。

CH₂OH — represented as CH_2OH

CH_2OH

H   O   H

H

HO   OH   H   OH

H

$HNCOCH_3$

CH_3

$C-CH_3$

$C-H$

$C-H_2$

$\left[C-H_2 \quad C-H_3 \right]_{18}$

$C-H$

CH_2

CH_2

CH_3

$H-C$

CH_2

CH_2OH

H   O

HO   OH   HO   O

H   H

$\overset{O}{\underset{O^-}{P}}-O-CH_2$

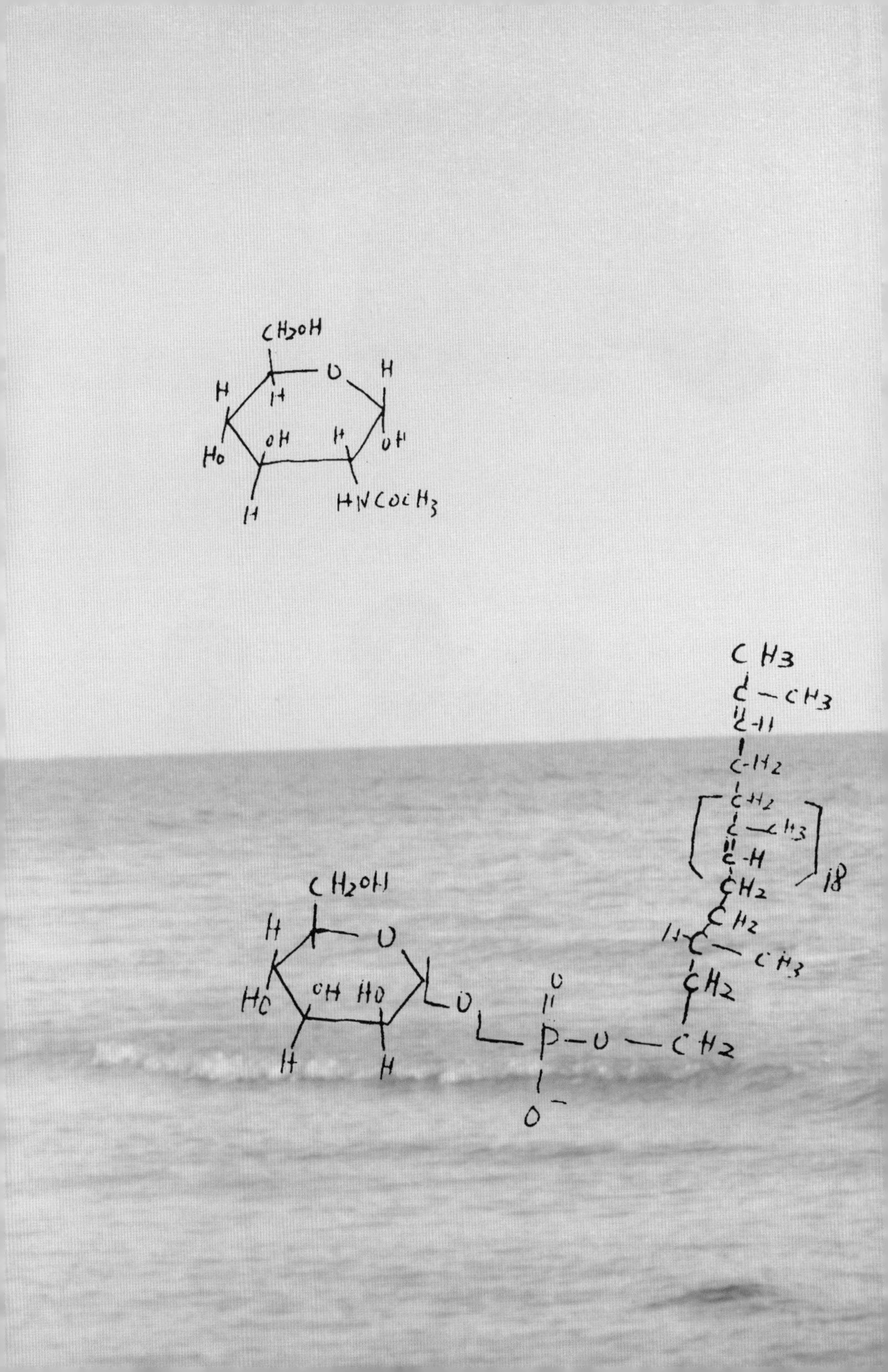

核電歸零。

從左到右是吳念真，我和柯一正。年輕時的吳念真對我說：「我要是老了之後像這些電視上誤國誤民的王八蛋，你就一槍斃了我。」

我認真的打著我和命運之神的延長賽，
對於未來，我充滿了盼望。

戰後世代的男人因為成長在一個從無到有的貧窮環境，精神、物質都匱乏的狀態下，學習承擔和責任，甚至被迫要開創新的局面。我最幸運的便是從文學到電影電視，甚至最後走上街頭進行公民運動，都有一批相互信任和扶持的老朋友，共同走過了人生最艱困的階段。而且我們的共同信念，都是要用餘生來回饋這個社會給予的養育，為下一代打造更美好的未來。

船艙

我們戰後世代的人生進入初老。我駕駛著黃色潛水艇重新啟航，船艙內放著和我血脈相連的寶藏，答案和真相都在裡面。我要勇敢航向更遠更陌生的地方，也航向更近更熟悉的自己。

人生，不能什麼都要

初老甦醒。

慾望是人生最大風險，也是最大動力。
複製是生命最大限制，也是最大希望。
修復是生命最大痛苦，也是最大更新。
倒木不是廢柴，死亡不是結束，時間是人生最後的答案。

目次

輯四　為了對未來的想像，我們彼此連結

輯五　初老甦醒——每天每天給你的問候和祝福

自序
水手與黃色潛水艇

在新的工作室進入設計之前，室內設計師問我：「你最喜歡什麼顏色？」我被問傻了，我過去從來沒有想過這樣的問題。但是我卻清楚知道自己討厭什麼顏色？害怕什麼顏色？這些似乎都和童年成長的記憶有關。

第一種是我爸爸非常喜歡的紅咖啡色，他很喜歡動手做桌椅或櫃子，而且會把桌椅門窗枴杖都漆成棕紅色。有一種粗糙浮誇的印象。

還有家中所有的窗簾布縵都是深墨綠色，是那種專屬軍隊的顏色，深沉、安全又厚重，大部分時間都蒙了許多灰塵。

另一種是深藍近黑的色澤。是爸爸上班時穿的中山裝的顏色，有點像神祕的特務人員，或是在安全單位工作的人，或是警務單位人員的穿著。有一種沉重、威權、壓力、控制的感覺。

這些充斥在童年家中爸爸專屬的顏色，給我很深很深的壓迫感，在精神上也非常緊繃。

這些顏色彷彿提醒我，生活中只要有任何放鬆、享受、休閒、快樂，甚至休息，都是一種禁忌，一種罪惡，是要被譴責的。爸爸最常威脅我們的處罰是餓肚子，不給飯吃。

設計師卻說：「你所討厭的顏色，說不定就是你最眷戀的顏色。」「就像人生一樣，生命的本質很悲傷，卻又令人眷戀。」我反問她：「不肯放手的，往往是自己。」

結果設計師給我工作室的地板牆壁的顏色還是從藍色、綠色、咖啡色轉化而來：深藍變成知更鳥蛋的天藍、深綠變成湖水綠、紅咖啡色變成加了更安靜優雅的偏黑褐色。而我竟然非常喜歡，有一種自由自在，又有被撫慰的幸福。

之後，設計師用黃色玻璃材質成了廚房和浴室的主色調，使我想起「披頭四」的那首〈黃色潛水艇〉。

這些由天藍、湖水綠和黃色組成的工作室是非常馬蒂斯的，非常野獸派的。狂野、奔放、自由的。

我躺在床上時真的覺得自己住在黃色潛水艇裡，躺在馬蒂斯畫的女人懷中。在這樣的色彩和空間中，我和自己終於開始了安靜又誠實的對話，漸漸釋放了生命中那些殘酷的、荒蕪的情緒。

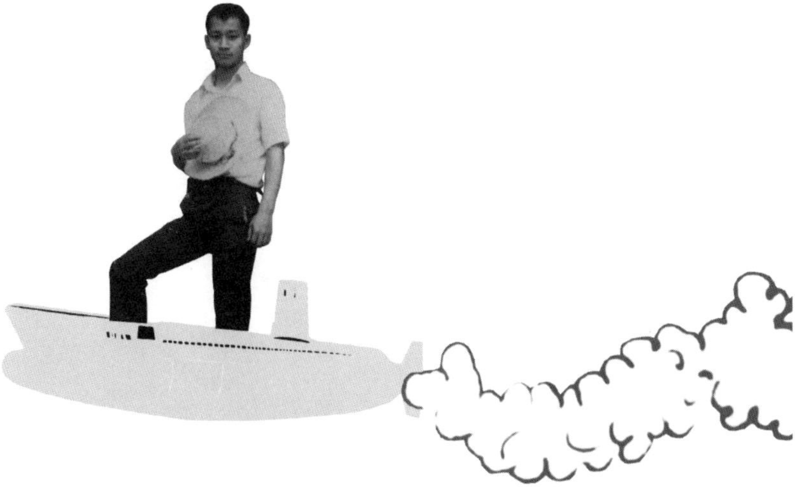

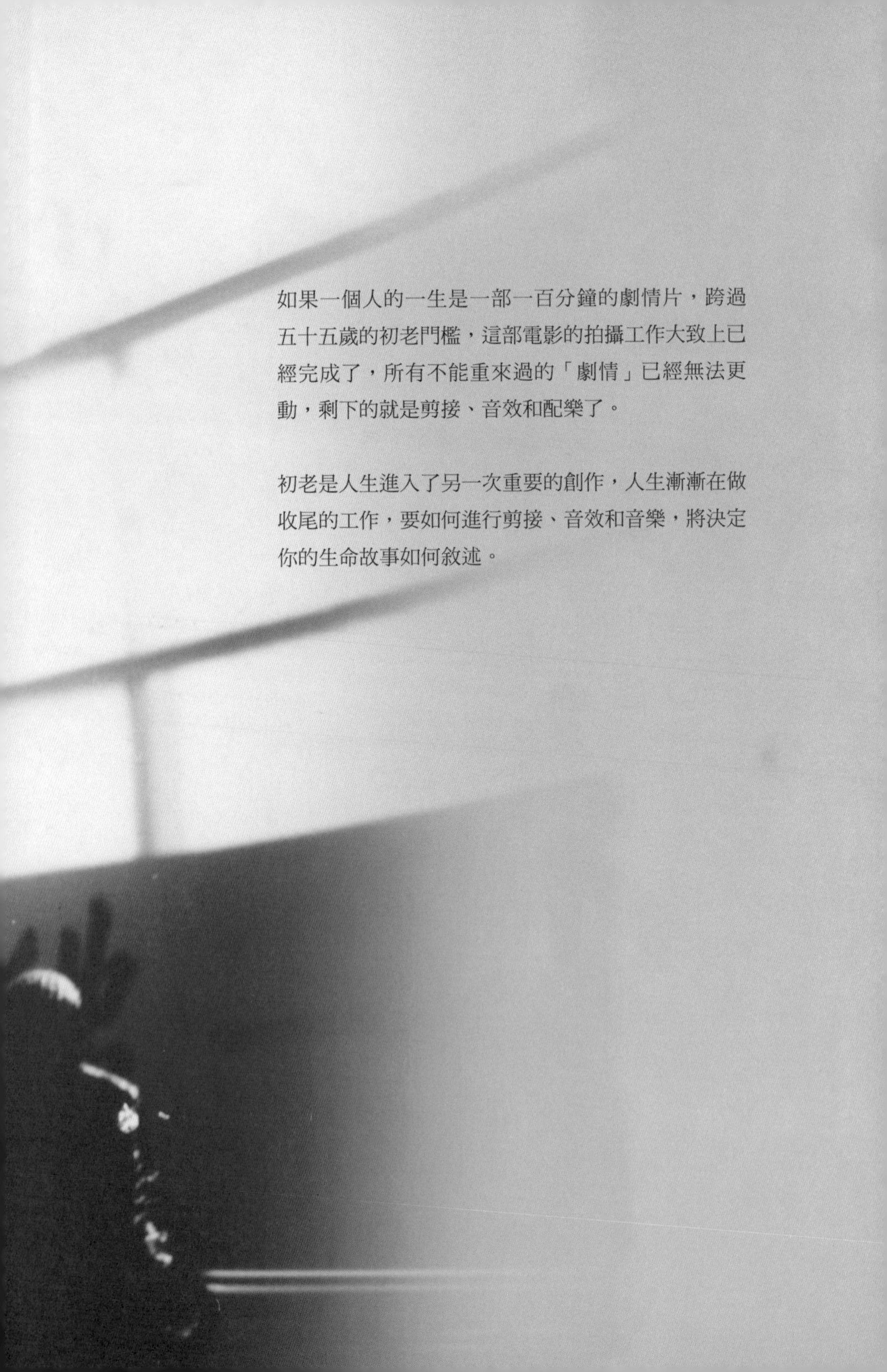

如果一個人的一生是一部一百分鐘的劇情片，跨過五十五歲的初老門檻，這部電影的拍攝工作大致上已經完成了，所有不能重來過的「劇情」已經無法更動，剩下的就是剪接、音效和配樂了。

初老是人生進入了另一次重要的創作，人生漸漸在做收尾的工作，要如何進行剪接、音效和音樂，將決定你的生命故事如何敘述。

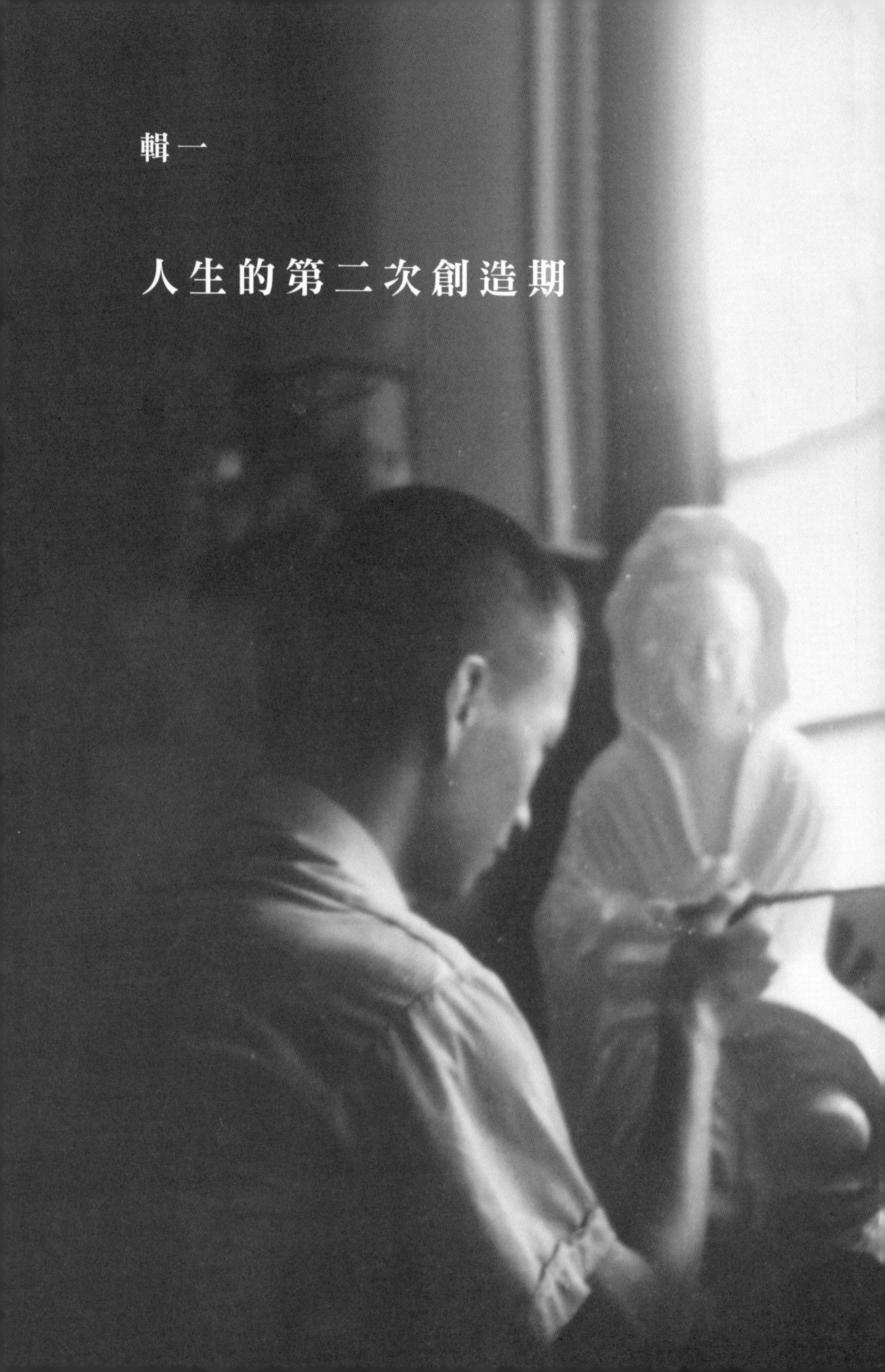

輯一

人生的第二次創造期

初老就像是一部電影進入了後製階段

我揹著一個軍綠色的背包，拖著一個小行李箱，有時候緩緩走在騎樓底下，有時候在斑馬線上奔跑，看在路人眼中就像是一個正要去搭飛機或是剛剛從機場返回台北的旅人。

最近這段時間，我就像個四處旅行的背包客，走著再熟悉不過的路線，從住家走到剛剛啟用的工作室。我的小行李箱裝滿了我從住家中清理出來的包括父母和我自己的日記和筆記本、我過去創作出版的各種不同版本的書籍和電影劇本和曾經一讀再讀的書。我先讓這些已經有點霉味有點潮溼的書本在窗口曬太陽，然後再分門別類的按照時間的順序排列在工作室的不同角落。

剛剛開始的動機只是因為多了一個可以收納的空間，藉此分散掉原來堆滿在住家各角落的紙本資料，騰出空間放孫子孫女的童書和玩具。但是慢慢的我在整理運送的過程中忽然有了新的領悟：如果一個人的一生是一部一百分鐘的劇情片，跨過五十五歲的初老門檻，這部電影的拍攝工作大致上已經完成了，所有不能重新來過的「劇情」已經無法更動，剩下的就是剪接、音效和配樂了。

如果你是一個懂得電影藝術和技術的人，應該知道我這樣的比喻是積極愉悅的，而不是消極感傷的。因為剪接是電影的生命，不同思考和形式的剪接足以改變整部電影的呼吸、節奏，甚至原來的樣貌。所以初老之後你仍然掌握著許多能改變你人生樣態甚至結局的機會。電影在音效尚未完成前可以說只完成了一半，因為你尚未賦予每個瞬間和情節清楚的情緒，甚至意義。許多往事要到了初老階段才能懂，是喜是悲，是救贖或是災難就要等音效完成才能確定。音樂可以解釋你已經走過的生命歷程每一個時期的情感，或澎湃昂揚，或低吟徘徊，或沉默無語。初老是人生進入了另一次重要的創作，人生漸漸在做收尾的工作，要如何進行剪接、音效和音樂，將決定你的生命故事如何描述。

當電影在戲院放映結束了，當工作人員字幕緩緩上升時你才赫然發現，原來這部電影的導演不是你自己，而是被稱為命運之神的蒼天。充其量，你只是這部電影中的一個角色，甚至連主角都不是。這樣想，也許你會輕鬆一點面對自己的人生。

初老不是人生的下半場，而是延長賽

人過中年，或是離退休不遠，有個很振奮人心的運動名詞叫做「人生的下半場」，言下之意是指前面的青少年期求學加上中壯年期的工作只是人生的上半場，不論上半場如何，還有下半場可以努力，或是調整心情和步伐重新開始。

可是對於真正進入這樣年紀的我而言，忽然覺得用「延長賽」來形容初老的心情似乎更貼切，也更有開創性和積極的意義。和那些人生很有規畫、按部就班、任務一一達成、等待收獲自己大半生努力奮鬥的成果的人比起來，我的大半生簡直是毫無章法。我時而狂奔，順利達陣，提早宣布自己勝利成功，甚至得意忘形，不到三十歲就想找人替我寫傳記，提早宣告自己是人生的「勝利組」。其實更多時候是跌跌撞撞，陷入茫然和焦慮，覺得自己凡事淺嘗即止，往往半途而廢，簡直和失敗成了莫逆之交。

有時候覺得自己真是幸運，在許多不同領域都遇上貴人，也在不同領域拿下不少象徵成功的獎項，在自己的簡介中更可以炫耀自己橫跨不同領域都能如魚得水，游刃有餘。但更多時候，常常覺得自己徒有虛名，在每個自己曾經打拚過的領域都沒有真正深耕及享受收穫的快樂。少了一種踏實感之後，覺得這樣的過動人生缺少的反而是一般人皆能擁有的簡單幸運和滿足。在和命運之神搏鬥了大半生之後，衡量著自己得到的和失去的，應該是被命運之神追平了。命運之神在我自認為一路領先的情況下，最後五分鐘讓我嘗到了被踩扁的滋味，不管是世俗的名聲和財富，彷彿一切歸零。裁判宣布我和命運之神打了平手，大約就在五十五歲之後，我和命運之神展開了一場分秒必爭、艱苦萬分的人生延長賽。雖然疲憊不堪，但是仍然得提起精神面對。

在經歷了被命運之神踩在地上的狼狽經驗之後，我痛定思痛的面對自己，改變思考方式，改變和這個世界溝通的方式。我努力學習傾聽別人的想法和心聲，我忠實的記錄下許多我在訪問和調查中的心得。我努力學習陪伴別人度過難關，我從原本高高的舞台上走下來，走入人群中，風雨無阻的和弱勢的人們站在一起，積極反抗不合理的霸權。我認真的打著我和命運之神的延長賽，這樣的人生，我覺得很棒。

初老有兩種

初秋假日午後，靜靜傾聽著餐桌另一端老朋友梅子的傳奇故事，由於熬夜工作幾度精神不濟到恍神，但是仍然盡全力睜開眼睛看著對方，就像在電影院偶爾睡著了一下。我們已經十年不見了。一個下午的相逢和漫長的十年不見比較起來，我儘管怎麼疲憊或是工作沒有做完，都得要有起碼的熱忱。畢竟我們有三十多年的交情。

雖然她曾經試著把自己去美國之後的傳奇故事寫出來，也寄了一部分給我先睹為快，但是當她重提這二十五年帶著極少的金錢和極大的勇氣，隻身赴美在沒有任何親朋好友的奧援下闖蕩的傳奇過程時，我也像是重新再看一遍其實看過、但是有點忘記情節的電影。梅子仍然瞪大雙眼提高音量神采飛揚的描述著每個其實說過無數次的細節，因為時空常常前後跳接，有些人物我也搞不太清楚，我適時提問，她講得更起勁。我在聽她說著自己大半生最值得提的光榮事蹟、最遺憾的事情，或是覺得當初錯過的機會、做錯的抉擇時，很清楚知道，當每個人進入了初老階段，人生已經過了三分之二，（在季節上大約是初秋吧？）已經逝去的時光比未來的歲月長的時候，都會是這樣的。我也清楚知道這樣的時候最不適合說的兩個字就是「如果」。因為已經沒有「如果」了。最好的方式便是重新「剪接」，剪接那些已經成為事實和結果的人生碎片，有些碎片是最珍貴的畫面，有些畫面可以直接丟到垃圾桶。藉由重新審視和發現已經無法改變的過往時，每個人都可以重新創造自己人生故事的主題和自己角色的扮演。

例如對梅子而言，她的人生故事也許是從一九八九年，當台灣的歷史進入到一個全新的紀元時，她做了人生中最大的決定，不再參與台灣的新紀元，她的新紀元落腳在美國南方喬治亞州的梅崗城。她選擇逃離。逃離一個她再怎麼努力都買不起房子，也看不到未來的地方，逃離一個她無法選擇的家族帶給她不可承受的包袱和命運。她決定向她的宿命和包袱說「No」。這樣的抉擇對她一生而言是一場豪賭，已經正式退休的她應該已經找到她人生故事的主題和自己的角色了。

於是我問她如何看待人生的「初老」，她毫不猶豫的回答說：「初老有兩種。一種是因為生在資源足夠的家庭，人生非常順利，結婚生子，是人人羨慕的人生勝利組。這些人面對初老反而會失落、茫然。因為再來的人生似乎是多餘的，不知道如何打發。另外一種是生在很不幸的家庭，要犧牲自己應該有的權利，要面對的挑戰是不斷和這樣的命運搏鬥。來到初老階段一定有一些不甘心和遺憾，於是初老階段反而促使他們要去彌補遺憾及不甘心，所以會更積極更忙碌。」

晚餐後我送她去搭公車，公車來了我們忘了要揮手，公車過站不停。她在昏暗的站牌下又聊起貧困匱乏的童年和犧牲，和一些永遠無法忘記的羞辱和痛苦。她眼中泛著淚光對我說：「謝謝你們當年鼓勵我去美國，好好為自己活。」

下一班車來得很晚，這次我記得揮手，不讓她再錯過一次。她吃力的爬上車，轉身好像想和我揮手說再見，但是車子已經走遠了。我返身離去，走向燈火輝煌的巷子裡。

人生永遠未完成

這一間屋子的收拾終將結束了。這應該是我要帶去新的工作室的最後一個紙箱，不知道為什麼，我在貼上了透明膠帶後，忍不住在紙箱上寫上「人生未完成」五個字，用來提醒自己這是一箱要特別留意的東西。

對別人而言，也許都是可以丟棄的無用之物，於我，卻是未來值得留念或賴以繼續工作、生活下去的東西。這箱東西裡面有幾份只要我簽了名便立刻生效的寫作合約，但是我猶豫不決，沒有信心可以完成。或是當初懶得寄給對方的收據，雖然寄出後會有一筆收入。或是曾經寫了故事初稿但是後來沒有拍成電影的文字。或是意外發現自己竟然還保留著的親友的珍貴書信和手稿。原來，我遺忘了很多事情，我也可能錯過了很多美麗和快樂。

我很慶幸自己又找到了這些東西，於是將它們帶到我未來的生活中。我也開始認真思考，什麼是未來生命中不要錯過的美麗和快樂？我要思考的反而不應該是工作的表現和成就的累積，而是生活本身。生活中最尋常的食、衣、住、行，我能不能夠更清楚自己的喜好？對於色彩、空間、藝術、情感，我有沒有更深的領悟？不久前和已經九十歲的舅舅碰面時，他沒頭沒腦的問了我一句話：「有沒有人替你寫傳記？應該有吧？送我一本吧？」原來他計畫在他下一本關於台灣電影人的傳記書中想把我寫進去，他想要有一些參考資料。其實在我二十幾歲因為出版了第一本書非常暢銷之後，竟然就有了為自己立傳的念頭，甚至已經找人動手開始寫了。事隔四十年後回想，這是多麼自大、悲傷又荒謬的事？我到底是為了什麼信念而活著？或是，我根本就不想活了？因為老是希望「出人頭地」的強大壓力使我覺得這樣的人生殘酷又辛苦？或是因為我非常恐懼死亡？我以為自己已經完成了人生的目標和任務？

我終於有了新的領悟：人只要活得夠久，經歷死亡的次數越多，不管是生理上的，或是心理上的，經歷死亡的痛苦和絕望之後的誕生，才是真正的誕生。就是在這樣死亡又誕生的反覆中，人生永遠未完成。

永遠未完成的人生，才是真實的人生啊。

慢慢來，不要慌

十二點三十分的高鐵，我提早一小時出門，出門前還先洗了澡。我告訴自己慢慢來，不要慌。

很多年前和一個朋友一起搭飛機出國參加影展，朋友和我商量說他想早點去機場，他喜歡在機場等候搭飛機的那段時光。我們在機場辦完了所有相關手續進到貴賓室時，距離登機還有一個半小時。朋友笑容滿面的說：「好了，可以好好享受了。」除了吃一碗擔仔麵，喝杯咖啡之外，我們各自看著隨身帶的書沒有再交談，彼此享受一種從容、自在、互不打擾的「等待」時光。等待著一趟不太勞累的旅程，等待一個未知，但是「等待」本身才是生命中最重要的那個「當下」和「瞬間」。那次旅程之後，我也習慣提早到驛站，享受比較長一點的「當下」和「瞬間」的感覺。

從捷運古亭站到火車站雖然要換一次車，但是兩班車是同時到達，所以幾乎在三分鐘內，我已經從家來到了火車站。慢慢來，不要慌，還有很長的時間可以等待。我又提醒了自己一次。我買了便當和水直接進了高鐵站並且坐在我最熟悉的那個可以提供充電服務的角落，這一區只有我一個人。我看了看手錶，足足尚有一小時，足夠我看書、寫作、吃便當。不過，原來只有我一個人的角落漸漸被陸續進來的旅客占滿了。一個年輕人走向充電區把手機插上了插頭繼續打電玩，他俐落的動作提醒了我也拿出手機，也把充電器掏出來去充電，我打開手機發現有不少新的信件和留言，我急著一一回信和回答留言。又一個慌慌張張的中年男子一邊講著手機，一邊走向充電區把iPad掏出來，插入最後一個插座。一個女人坐在我旁邊不停的講手機，告訴對方沒有買到票，想要試試自由座之類的，她口氣充滿了焦慮，但是在對話中卻提醒了我，好像可以上車了。咦？不是還有很多時間？

我抬頭看了一眼牆上的時鐘，十二點二十分，旅客已經陸續上車了。原來我的手錶的電池耗盡了，我的時間是停止的。啊，來不及了！我嚇了一跳，趕快收拾充電器、手機、書籍和行李，匆匆忙忙的站起來。

「不要慌，慢慢來。」一個女人的聲音傳了過來，她正在對揹起行囊的兒子說話。

沒有時間了，來不及了

女主人上午十一點要從家裡出發去機場，展開她短短兩個星期的紐約和費城之旅。我了解女主人緊張的個性，於是我把上午的時間留下來陪女主人。

我像對著一個慌張的小女孩說話的口吻，對著耳順之年的女主人說：「此刻，你要抱著好好享受旅行的心情出發，家裡的事一點都不要擔心。好好的玩，替我去住在中央公園的旁邊，散步看雪景。」其實當我還在做著晨夢時，女主人已經「衝」去剪了一個頭髮，匆匆又染了一下頭髮（一星期前我才替她染過），然後又打電話去詢問，如果美國簽證還差五個月是否可以入境美國？（這個問題，她也早已經問過。）

我將她的兩件要拖運的行李秤了重量，然後教她如何使用行李的鑰匙。她向我交代一些事情：「當初是因為我沒有時間……所以這兩包義大利麵醬……這也是因為我當初來不及了……所以就留給你用……」「我讀過兩本詩集，一本叫做《我沒有時間了》，另一本叫做《我來不及了》……」我很想安慰她說，凡事慢慢來不要慌，她忽然說：「啊，我肚子好餓。」然後她熱了昨天的稀飯，切了一些豬舌頭，就站在廚房裡呼嚕呼嚕的吃了起來，約好的計程車已經到了樓下，我對她說：「沒關係，妳慢慢吃。我先將妳的行李拉下去。」「啊，好好吃啊。」女主人慌慌的說著，她又將自己陷入「來不及了」的狀態中。

女主人出發後，書桌上放著幾本她剛從圖書館借來的書，都是為了這趟旅行借來的，不過都「沒時間」看，像《紐約散步》、《華盛頓．費城》，另外她也借了還「來不及」看的《焦慮簡史》和《這樣生活沒壓力》。

我將那本《焦慮簡史》放進背包裡，然後搭捷運去工作了。我很快辦完事後，轉往我所熟悉的那家麥當勞，想利用這個空檔時間翻翻這本女主人來不及看的《焦慮簡史》。我點了一個六十九元的兒童餐，有一杯熱可可、一碗沙拉和一個漢堡，更重要的是還有一個免費的麥當勞叔叔公仔。我坐在我習慣坐的位子上，靠在沙發上坐西向東，就像一個有景深和有場面調度的電影的鏡頭，我可以觀察由近而遠的三排人，然後透過窗戶可以看到一棟日式建築的屋頂和綠樹。我翻開《焦慮簡史》慢慢看著，其中有一段提到西方社會對時間的敏感導致精神緊張和痛苦，住在中非熱帶雨林的姆布蒂族對時間的概念非常淡薄，他們生活在當下，最在乎的是現在這一刻，和當下這刻相比，過去和未來都沒意義。

這時來了四個大學女生四下張望後分別占領了我的左側和右側，然後無視我的存在大聲交談著，從她們的言談中我知道她們將要去泰國旅行，她們也曾經在麥當勞打過工，她們學的是金融會計，難怪精打細算等著一個工讀生送上八杯試喝的綠茶，然後認真的討論著，這杯綠茶應該賣多少錢。她們沒有花一毛錢卻有八杯綠茶可喝，此時此刻，她們活得像熱帶雨林的姆布蒂族一樣幸福。

女主人從機場打了通電話給我，她的口氣很愉快：「謝謝你鼓勵我去美國，雖然有點遲到，但是一切順利。現在，我要登機了。」

我也很開心的對她說：「親愛的二姊，好好享受當下，請用力忘記過去和未來。」

不要急著當別人的老師

做為一個從培育師資的師範大學生物系畢業的學生，我既沒有將當老師做為終身的職業，也沒有成為一個生物科學家。本來應該愧對母校的栽培之恩，結果母校不但將傑出校友獎頒給了我，還邀請我畢業典禮到校給畢業生說幾句話，我感到受寵若驚。我很想將自己畢業後這三十八年的一點點心得和大家分享。

其實我從師大畢業後曾經當過三次的老師。一次是被學校分發到新北市的五股國中，一次是服完兵役後申請到國立陽明醫學院當助教大一的生物實驗課，還有一次是申請到助教獎學金到美國紐約的州立大學教生物實驗課。我去五股國中任教時，校長說他們不缺生物老師，問我會教數學和化學嗎？我說我在大學的微積分和化學課成績都很好，我說我還會教體育，於是我就被分配到這三門課。校長還特別強調，我是他們學校第一個師大畢業的老師，被校長這麼一說，我連走路都不會了，我故意跳著走路表示自己很有熱情。後來我真的很拚，連週末週日都留在學校，帶著孩子們上山抓蝴蝶、讀數學、吃水果、吹著山風。因為學校有許多來自弱勢家庭的學生，我就花更多的時間在他們的身上。校長很欣賞我，實習結束給了我最高的九十五分。

去到醫學院教生物實驗時，我也是用同樣的心情面對醫學院的學生，我建立了一套完整的生物教材，裡面涵蓋了各種實驗，這對於我後來去美國繼續教大學的生物實驗很有幫助。我剛到美國實在很難用流利的英語上課，我就故意將英語說得很快，然後靠著寫黑板來表達實驗的步驟。學生要我說慢一點，我就說我沒辦法。和同樣是來自國外的助教比起來，我算是很受歡迎的助教，因為我保持著教學的熱忱。熱忱是一切工作的基本。後來當我發現自己更適合走創作的道路時，就決定放棄了這一切，回到台灣重新開始。那時候的我已經快要三十歲了。

我不再是老師了，也不再是準科學家了，我又成為一個學生。正好我的二姊是師大外文系的，她的書架上都是原文的莎士比亞的戲劇，我的妹妹是政大中文系的，她的書架上全是中文系的教材課本，甚至於，我的大姊是台大經濟系的，我也會讀她社會科學方面的課本。要成為一個全方位的創作者，只有生物學的知識是不夠的。在電影方面，我找到了德國文化中心，裡面天天免費放映著德國新浪潮時期最好的導演作品。我用一本師範大學的筆記本繼續當著學生，學習著文學和電影。

當我進到全國最大的電影公司上班時，也是帶著一本師範大學的筆記本，上面寫著「白鴿計畫」，這代表著我永遠不變的清純、勇敢和飛翔。第二年，我和我的夥伴們啟動了影響台灣電影發展深遠的「台灣電影新浪潮」。在三十週年的這一天，海峽兩岸都有很多的紀念和研討會。到目前為止，我也寫了超過一百本的書和電影劇本。

三十八年前畢業時，我們班上還出版了一本畢業班刊，取名叫做《小蝌蚪》，直到三十八年的這一刻，我才知道這是有很意思的。第一，從學校畢業時，大家都只是一隻沒有變成青蛙的小蝌蚪，離開了學校後，經過內在外在的驟變和痛苦後，才會變成一個完整的生命，成為一隻青蛙。第二，要成為一個完整的生命，必然會經過許多大大小小的失敗。對一個完整的生命而言，失敗比成功是更有意義的。當我們願意接受失敗，臣服於失敗，我們才能看清楚自己的脆弱和天賦，知道自己是誰？知道自己相信的是什麼？為什麼而活？因此更能找到適合自己要走的道路。第三，踏出校門後，不要急著當別人的老師，勉勵自己要當一輩子的學生。別忘了，帶著師範大學的筆記本走遍天涯，那代表著你永不熄滅的工作和學習的熱忱。

這是我在師範大學的畢業典禮上，要獻給所有畢業生的祝福和分享。

少年仔，拜託一下

我背著軍用背包，跨著大步走在人行道上，炙熱的陽光逼著我加快腳步。「少年仔，拜託一下。」有個站在公車站牌下一臉茫然的老婦人（不，是婦人，因為她的年紀和我相近），她好像正朝著我的方向呼叫，我回頭四下打量，除了我並沒有別人。「少年仔，少年仔！」婦人似乎急了，乾脆走向我。她指向遠方駛來的三輛公車，要求我替她看看。

站牌上一堆數字，38、249、644、648、237、297。婦人指著幾乎同時駛過來的三輛公車問我：「少年仔，我眼睛不好，哪一輛是249？」我朝著她手指的方向看過去，從內到外分別是249、644、38，於是我就告訴她說：「最靠近內車道的就是249。」「多謝。多謝。少年仔。」我都已經站在她旁邊了，她仍然一直叫我「少年仔」，讓我不忍離去。我又強調了一次：「249，最靠近裡面的那一輛。最先開來的那輛車就是249！」「金多謝。」婦人向我一鞠躬，我仍然站在她旁邊，直到249公車駛到站牌前，我扶著也許年紀比我還小的婦人上了車。「歹勢。歹勢。少年仔，你金友好（孝順）！」公車關了門駛向快車道，我仍然不忍離開。因為，竟然有人叫我「少年仔」？

後來我就把這個簡短的相遇情節，在一次和前衛生署長葉金川先生的公開對話中當成笑話說了，我臨時多加了一個結論是，那個婦人就是因為連車牌號碼都看不到，所以把我看成是「少年仔」，所以有什麼好高興的。後來主辦單位就用「六十歲的少年仔」為標題報導了這次座談會。我們在座談中都談了自己如何面對父母親的離開，也談到對自己有一天要離開的心情。原本應該會有些悲傷或嚴肅的座談，因為我們對死亡這樣的假設都採取了輕鬆、瀟灑的語調，反而讓台下的觀眾從頭笑到尾。這應該是一場很成功的座談。

可是不知道為什麼，當我走出會場時忽然有種莫名的哀傷，彷彿原本在座談會上應該流露的真實情緒，反而在這一刻才一點一滴的冒了出來。我走在路上沒有立刻攔下計程車，反而慢慢走了一段路。我習慣在演講中不停的說笑話，那是不讓各種情緒干擾我演講進行的方法，也是能和真實的自己保持最佳距離的手段。

我知道當我談笑風生的時候，其實只是在掩飾內心隱隱的無奈，因為「時間」才是生命真正的答案，任誰也無法逃避。我們只能在無奈中延遲自己蒼老的心情。

誰說我不會用電腦

一場九合一的選戰之後，大家檢討起來的結論是，網路傳播時代徹底來臨了，完全取代了傳統媒體。電視台主管抱怨再多幾個柯文哲他們就完蛋了，因為他完全都不在電視上下一分錢廣告，結果仍然大勝。所以這次是年輕世代用網路擊潰了不會使用電腦的戰前和戰後世代。統稱歐吉桑、歐巴桑世代，或大叔大嬸世代。

對於這個說法我很有意見。誰說我們戰後世代的人不會使用電腦？我們歷經收音機、電視機、錄影機、電腦等不同的工具，這些新發明不斷訓練我們要努力學習新生事物，不然就要被社會無情的淘汰。回到西元二〇〇〇年初，台灣的網路上出現了最具挑戰的數位電子報《明日報》，也同時推出了「個人新聞台」。由於創辦人是我的好朋友，他們邀請我立刻建立一個屬於我個人的新聞台，當成是給使用者的示範之一。對方「安慰」我說這一切很簡單，只要按照他們指示的步驟，新聞台便輕鬆建了起來。我臨時給了這個新聞台一個名字，叫做「小野家族」。當時我是這樣介紹這個新聞台的：「沒錯，這個小野就是寫作的小野，這個家族不因為血緣，只因為共同愛好和喜歡而相聚。」之後，我開始在新聞台上ＰＯ文章，很快就有網友上來回應了，於是我開始有一些年輕的朋友了。

西元二〇〇〇年年底，我結束了大隱隱於市的蟄伏時期，恢復到台灣電視台上班。上班第一天，負責公司網路的年輕主管用試探性的口吻問我說：「您需要電腦嗎？您會使用電腦嗎？或者，你可以請祕書幫忙。」我非常虛榮而高調的說：「請立刻為我架設好電腦，我有自己的新聞台，我要進入我們公司的官網，直接和我們的電視觀眾在網路上對話。相信這是一項創舉，觀眾可以隨時上網，直接和電視台的節目部經理對話。從來沒有過吧？」其實我只是不服輸而已，關於電腦我懂得很有限。甚至於寫文章還是習慣用稿紙，我不相信用電腦可以寫文章。

對於電腦的一知半解，那要歸因於我的啟蒙老師真的很糟糕，他不但缺少耐心，還不時嘲弄他的老爸，因為這是他難得展現比老爸聰明的好機會。兒子給我上的第一堂電腦課是「如何使用電子郵件」。兒子什麼也沒有說，很屌的開啟了他的電腦，螢幕上出現一大堆眼花撩亂的圖案。他先在鍵盤上「演奏」幾下，帳號和密碼就設定好了。把滑鼠推給我，要我移動滑鼠，讓螢幕上出現的游標移動到一個上面寫著「Outlook Express」的圖案。他命令我說：「現在，按兩下！」我用顫抖的手握著滑鼠，不知道要如何「按兩下」。由於我的手亂抖，銀幕上的游標也不停移動。兒子用手握住我的手，教我如何按兩下。「喂，手指放輕鬆一點，不要像僵屍的手指。你看，游標都被你移到螢幕外面了。」

他終於逮到可以好好教訓我的機會了：「看來你有過動的傾向喔。小肌肉柔軟一些，動作小一點輕一點，非常簡單的動作。哎喲，哎呀，沒有想到，你不是普通的笨。」「我凡事都想先知道基本原理。知道為什麼？我才能夠繼續學下去。」我以父親之尊進行著反抗：「例如，你應該先解釋，為什麼要把游標指著那個圖案，而不是指別的？例如，為什麼要按兩下，而不是一下或三下？」

兒子望著我，搖頭苦笑。大概是孺子不可教的意思吧。他說：「你不要管為什麼。電腦很笨，很簡單。你就指著那個，然後按兩下。就這樣，不要多問。」「可是，你至少要告訴我Outlook Express的中文意思。是瞭望快遞或景色宅急便？」他忽然把圖案上的英文字「Outlook Express」改成中文字「企鵝按這裡」。「這樣可以了吧？笨企鵝？」兒子自以為幽默的問著。

終於進入了電子信箱，他教我如何選擇項目，如何點一下打開信箱。「為什麼只要點一下？而不是兩下？」我又發揮了科學精神。兒子並不理我，要我練習在信箱寫信，然後寄出信件，又教我如何回信。隔了幾天後，我想試試自己的電腦功力，我打開兒子的電腦，兩三下就進入了他的信箱，我找了一封他和女朋友的往來信件，按了回覆，然後寫了一封信給她。

之後，我收到了一封兒子非常憤怒的信，大意是說小時候我習慣偷看他的日記就罷了，現在竟然過分到要偷窺他和女朋友的通信。「你偷看了，還故意不刪除那一段我和女朋友的對話，擺明了要表示你有權力看我們的信？太過分了！」「因為你沒有教我如何刪除。」我很無辜的回覆了他。

父子為此翻臉之後，我轉而向女兒求援。女兒比兒子有耐心，她第一步先教我如何使用「刪除」：「這樣你就不會被哥哥罵了。」她又繼續教我如何使用搜尋引擎，尋找資料。又教我如何按「全選」，按「拷貝」，再按「貼上」。「啊，我懂了。」我驚嘆著：「科技的發展太厲害了。當我按全選和拷貝時，螢幕上的所有文字都被滑鼠吞到了肚子裡。當我再貼上時，所有的文字都吐回螢幕上。所以，這隻老鼠真是太厲害了。」

我以為女兒會讚美我的領悟力，沒想到卻換來她的一陣狂笑，她說她笑到肚皮都痛了。從此以後，只要有機會說到上個世代的人如何學習電腦，都不忘記說這一段關於滑鼠吃文字再吐出來的笑話。「不然呢？」我很不服氣的問：「這些文字跑去哪裡了？又怎麼跑出來的？」「當你按拷貝時這些文字就像水變成了水蒸氣，跑到了天空凝結成雲。」女兒試著用我「理解」的方式解釋原理：「當你按貼上時，這些文字又從雲端落下成了雨水。所以呀，現在不是常說未來是雲端科技嗎？所有的資訊都放在雲端，不在電腦裡，更不在滑鼠裡。」

我們這個出生在戰後的戰後世代，當年如果讀大專院校選了電子系、電機系的人，許多人都搭上了電腦發展的快速列車，成了高科技的大亨或總裁，但是仍然有很多人的電腦使用不如年輕世代。我們的童年是從不知道什麼是電視機開始的。所以我第一次攀住別人家圍牆看到客廳裡有人在播報新聞時，簡直要尖叫出來。

天哪。我想，這個人是如何鑽進那麼小的電視機裡面的？這種思維，就如同不知道電腦裡的文字是如何可以靠按一下就儲存起來？因為不夠「具體」。製造業最「具體」，因為可以看到成品，哪怕只是加工而已。所以上一代的人都不容易明白，看不到的「通路」、「公關」、「經紀」怎麼可以成為一種行業？這便是世代之間在思維上的巨大差異。

未來的世界隨著科技的進步，生活形態的改變，對於新興行業的迅速增加遠遠超過父母親的想像，父母親除了急起直追，越來越不可能指導孩子對工作的選擇了。

玩臉書，讓麻煩找上了我

我起初並不想玩臉書。儘管身邊的親朋好友紛紛都開了臉書，在美國的弟弟也建立了一個家族社群，但是我還是嫌麻煩。

原來已經使用了十二年的個人新聞台讓我在工作和生活中多了些壓力，再多添一個不是自找麻煩？而且固定要寫的幾個專欄已經讓我挖空心思，沒有多餘心力再玩臉書。就像我的一個正在經營網路平台的朋友說，他不要用臉書，因為平常要找他的人已經應付不了。不過，在某個生日過後的某個夜晚，我回顧自己已經過了一甲子的人生，想到本我、自我和超我這些理論，忽然想用「本名」來開一個臉書的帳號，真正來實踐小小的交友社群。於是我上網找到了臉書的官網，按照指示往下做。更重要的是我找到了那張在高中時代跑三千公尺逆轉勝的照片，我最後是雙腿抽筋的倒在終點站，讓我們班得到全校田徑總冠軍。我貼上了這張照片，用已經被大家遺忘的「本名」重新生活在臉書的世界裡。

我很快就受到了挫敗。因為三天後我收到了來自臉書的警告和懲罰，理由是我被一些人檢舉說我在臉書上亂發交朋友的邀請函。我回想一下，終於想到在填申請表格時有一項詢問是，是否要發函給曾經在電子郵件上通訊的人。我沒有經過思考便勾了「✓」。其實所有在電子郵件上和我往來的人有百分之九十九只知道我是小野，而且有百分之九十以上只是因為工作暫時往來的陌生人，走在路上擦身而過，我們都不知道彼此曾經通過信。一定是他們檢舉了用本名而且貼上十八歲運動員照片的我，看起來像個想要招攬「生意」的牛郎。於是我這個用本名才開始要在臉書世界探索的「十八歲牛郎」立刻慘遭眾人檢舉。

使用臉書的同時，我已經在使用多功能的手機，於是我練習用手機拍攝照片，寫文字，直接上傳臉書，起初大概少按了一個鍵，一直沒有傳成功。後來弄懂了方法後，非常快樂，一口氣把手機上儲存的照片全部傳上臉書。朋友看到了就說，臉書不是這樣玩的啦。之後，我就有一搭沒一搭的玩，有人來請求當我的朋友，我發揮與人為善的精神一律同意，很快就達到五千人的上限，這時候真的麻煩才來。因為我使用了本名，以為一切可以重新開始，但是我忽略了一點，會找上門來的大部分是想向你推銷什麼的，我很快的成了許多人的粉絲和消費者。我並沒有找到真正的舊雨新知。

我並沒有因為用了本名尋找到真正知心的朋友，反而讓許多不必要的麻煩找上了我。我這才恍然大悟，我的人生從二十二歲那年使用筆名之後，所有的人都用那個筆名認識我。原來的那個我早已經支離破碎，甚至不存在了。我想重新把原來的自己拼湊回來。

臉書的療癒效果

週末一大早便開始在家裡照顧小外孫和小孫女，另外兩個滿兩歲的大孫子和大外孫各自都跟著大人去了宜蘭度假。

時間過得真快，四個孫子孫女正好出生在我開始玩臉書的這兩年，所以我也很隨興的將自己隨手拍到的他們的照片，加以重新排列組合，並且配上有一點點情節的文字PO上臉書，有點像是四格漫畫，吸引了不少喜歡看幼兒照片的人。如果有一陣子沒有貼，朋友們還會私訊問我：「好久不見你貼孫子照片了。很有療癒效果哩。不要獨自享用，要慷慨分享呀。」

週末晚上匆匆趕去在信義誠品的新書座談會。從出版第一本小說《蛹之生》到今年正好滿四十年，照理說我的讀者們也應該有點年紀了，至少應該跟我一起老去。可是我每個不同階段的寫作和出版書籍，吸引到的大多數都是那個時代的青少年。這兩年我會在演講場合遇到兩種過去不曾出現過的朋友，一種是臉書上認識的，一種是在自由廣場上持續近兩年的

「五六運動」的戰友們，他們也都是年輕人。演講後回到家裡，打開手機上的照片檔案，挑了三張照片，重新組合，模擬小外孫和小孫女的觀點，貼上了臉書：

「咦，剛剛那個學我們滿地爬，又抱著我們上頂樓曬太陽，又猛唱一些自己寫的歌詞的兒歌的阿伯怎麼不見了？」「他不是阿伯，他是我們的阿公。他去誠品演講了。最近他出了一本新書。」「他看起來不太老，所以我才叫他阿伯。其實他要謝謝我們才對，因為呀，他又開始學我們滿地爬了。我們教他怎樣爬，教他怎樣才可愛、天真。」「要小心，聽說這個阿公會把孫子的糗事寫成文章，然後說那是幽默。噓，小聲一些。」「別怕，阿公已經去演講了。他真的很好笑。剛剛才和我們爬來爬去，然後換件衣服，就在台上講起來。他會不會說到我們呢？噓……」

半年後，我忽然覺得自己在沒有經過孫子、孫女的同意下，把他們可愛的照片完全公開，似乎有點侵犯了他們的隱私。於是我在一夜之間把臉書上所有關於他們的照片完全刪除。

手機重度使用者

如果說人類歷史中哪個世代始終活在科技的革命中，使得他們得不停的適應和學習，否則就會成為新的文盲被快速淘汰，應該就是戰後嬰兒潮世代了。從收音機到電視機，從電腦、網路到智慧型手機，如果你沒有跟上，早晚被迫失去工作，也失去和社會脈動的連結。

我始終排斥用電腦寫作，直到二〇〇五年答應了《蘋果日報》的專欄。我也無法相信自己的工作和生活需要依靠智慧型手機，直到二〇一〇年有智慧型手機廠商來詢問我使用的意願，於是我得到了一台免費的智慧型手機，我很興奮的到處拍起照片來。身邊有些年輕朋友教我如何使用免費的通訊軟體，二〇一二年我申請了臉書帳號，試試玩臉書。之後去美國探親時，弟媳婦堅持要送我一台迷你的平板電腦。我很快的改用平板電腦寫作。五年下來，我竟然也成為手機和平板電腦的重度使用者。

從小我就有寫日記的習慣，仰賴文字留下記錄。最近察覺我的日記本漸漸荒蕪了，取而代之的是手機裡的備忘錄和不斷增加的照片，順手記下生活的吉光片羽，而且隨時可以編輯整理。我常利用工作活動的空檔，在咖啡館裡寫稿、寄稿，而且還會下載修圖軟體，將照片補光、柔焦、上字或拼圖。最讓我得意的是我拍的照片已經成為新書的封面，旅途中隨意拍攝的許多照片也都被採用在書中。攝影的可貴在於「決定的一瞬間」，任誰也無法取代。兩年前的「反核四五六運動」展開後，我幾乎每週拍下現場的動態，即時傳送到臉書，無論晴雨，人多人少，完全真實呈現。之後，我更發現自己可以輕易成為一個公民記者，在自己可以抵達的每一個事件發生現場，拍攝獨家照片。我也可以是一人媒體。我拍到的獨家照片也常常被別的媒體使用。發表的意見也成為其他媒體的內容。科技不斷的更新，工具的改變也啟動了人類新的創意，我勉強跟上了時代的腳步，沒有成為新時代來臨時的「文盲」。

初老，就像是在旅店甦醒後的那頓早餐

我拉著行李來到東京新宿太陽道商務旅館，這一帶有很多階梯，所以拉著行李抬上抬下很不方便。

才走到有點熟悉的旅店門口時，迎面來了一個年輕的侍者拖著我的行李就往另一個方向走，他說這間旅館新建了大樓，就在不遠處。年輕侍者動作靈敏一下就穿過了街道，對面果然有一幢蓋了一半的大樓，我問侍者說這樣未完成的旅館如何住人？侍者說因為原來的旅館已經客滿，只好把原來的客人移到這裡來，不合法，但是裡面都弄好了，一律算半價。侍者刻意眨了眨眼，有點曖昧的說很多客人故意要住這裡，因為很多好處。我進入電梯，裡面已經有個像是東南亞來的女人，小小個子圓圓的臉旦；我用房卡刷了電梯，電梯不動，女人忽然湊上臉來，我忽然警覺這是個騙局。我逃離了電梯，但是再也找不到原來的旅館了，我茫然的走在陌生的街頭，不知所措，心跳加速，驚醒，原來這又是一個跟著我大半輩子的迷途的噩夢。迷路是我生命中無法擺脫的圖騰印記。

在黑暗中意識瞬間清楚，我正躺在一間旅館的床上，一個人，在新竹。昨天晚上有一場華人電影界的盛會，有些人在盛會之後立刻離開這個城市，有些人留下來參加豐盛的晚宴之後再離開，有些人留下來過夜。這次，我決定選擇留下來過夜。我一直想放慢腳步，因為過去的生活和工作都太匆匆，匆匆到對許多人事物都視而不見，匆匆到轉眼老之將至，錯過了許多美麗和快樂。此刻，我只想好好的在飯店吃一頓早餐。好好的。

這是我的朋友A的口頭禪。好好的吃頓飯。好好的上個廁所。好好的睡個覺。人生有什麼比這些事更重要的嗎？A引用辛勤工作的父親說的那句話：「人生那麼辛苦工作討生活，不就只是為了能好好吃頓飯嗎？」從小我接受的人生觀正好相反，吃喝拉撒睡都是懶惰、沒有出息和墮落的表現，這是戰後世代共同的價值觀。在戒嚴的政治體制、貧瘠苦悶的成長環境中成長，勤奮工作掙脫貧窮求生存是人生唯一的目標，壓抑了基本感官的需求，普遍缺乏對藝術和生活的品味。A和我成長在不同世代，雖然從來沒有停止過一天工作，但是對工作之外的生活品味更注重，他最常問我的話是：「有沒有休息？」

這家旅館早餐的選擇不少，但是用餐的人並不多，甚至年輕侍者們還在輕鬆的聊天，聊昨天那場眾星雲集的八卦。我挑了一個靠窗的位子，要了一杯咖啡。之後我便起身在西式、台式和和式的早餐中慢慢尋找愛吃的食物。挑早餐食物和做人生重大選擇差不多，在特定的時空和限制中你得做出決定，每次人生的決定都反映了自我，就像早餐要吃什麼要吃多少，不也是反映了自我？和過去的自己比較，現在的我漸漸了解食物的細節，包括香料、醬料和食物之間的搭配。我發現煙燻鮭魚配哈蜜瓜就有像鴨胸肉配葡萄一樣的去腥效果。已逝去的人生如同在旅店甦醒前那些破碎、模糊、褪色的夢，初老便是清醒後，那頓從容自在的早餐。

八十歲的導演伍迪・艾倫在一次的訪問中說，他期待自己能在生命的最後這些年，能完成過去生命中不曾完成的最重要的事情。早餐之後的旅程，正是人生最後卻最重要的旅程，在這樣漸漸駛向人生終點的旅程中，我們看到的應該是全新的風景，因為我們不再心慌慌，終於看到了過去看不到的美麗和真相。

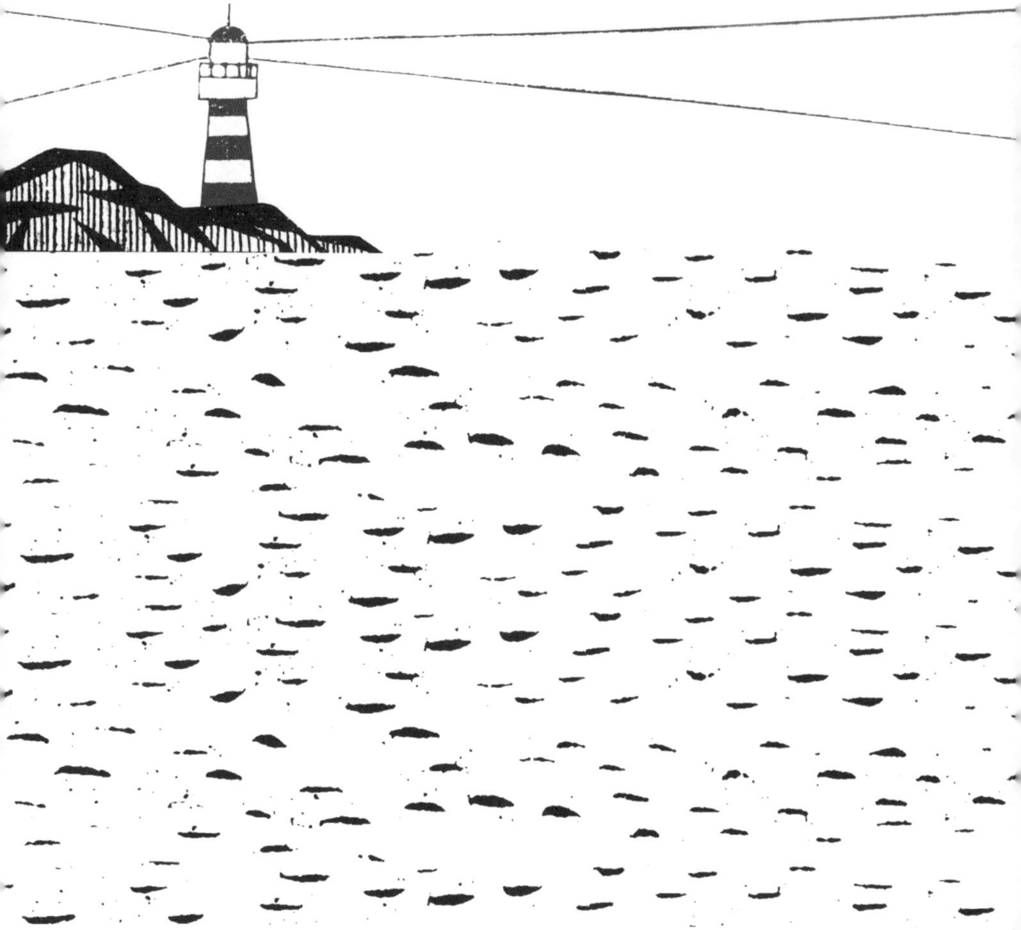

啊，一輩子只想要做偉大的事，卻讓我錯過了許多可以玩的機會。更錯過了很多美麗的風景、快樂的心情和飛揚的青春。

我隨著人群下了車，原本是該轉個車回家的，忽然想起何不找一家館子坐坐，享受一個人獨處的台北時光呢，這是我過去生命經驗中最少有的選擇。

我知道能健康的活著，還能繼續體驗生活還能思考人生，是多麼快樂的事情。

輯二

越老真的可以越快樂

快速水道

我挑了一個人最少的時段來到像一艘黃色艦艇的大安運動中心，那是我生活中最快樂的時光之一。地球上的生命多源自於水，在陸地上生活的人類如果能重回到大量的水裡泅游是多麼原始又奢侈的事情啊。

我迫不及待的跳進一條無人的水道，開始享受著在水裡任意翻滾的快樂，我用蛙式和仰式交替著前進，不久就聽到遠遠的有人在叫喊，我想那一定和我無關，於是我繼續游著。可是那個聲音越來越大聲，最後游到池邊時看到一雙穿著短褲和拖鞋的腳。原來真的是在叫我。那個理著小平頭的管理員對我說：「先生，你游得太慢了。你沒看到這幾個字嗎？」小平頭蹲下來怕我不識字，指著水道旁那幾個大字說：「快—速—水—道。」我有點不服氣的問小平頭說：「可是現在水道除了我之外沒有別人，這樣也不行啊？」「對不起，這是規定。」小平頭口氣還算溫和，但態度強硬。

我乖乖的爬了起來，乖乖的滾到最旁邊的教學水道。那一瞬間我非常看不起自己的順服。在威權時代長大的我們還是學不會據理力爭，我們習慣服從或是息事寧人。我曾經親眼目睹一個外籍男子抱著孩子想要到按摩池被水沖一下玩一玩，同樣的被管理員阻止，那個外籍男子就是不服氣，認為規定很荒謬不合理，由於語言不通無人能解決這個爭執，吵了快一小時差點打起來，那個外籍男子才忿忿不平的離開。他覺得這些規定太可惡。

不久快速水道的人漸漸多了起來，我很不服氣的站在池邊看著那些人到底游多快。這時來了一個胖婦人正準備要跳進快速水道裡，一個更年輕的管理員走過來說：「對不起，這是快—速—水—道。」那個中年胖婦人瞪了對方一眼說：「你還沒看我游，怎麼知道我不夠快？」年輕管理員有點理虧，他總不能說：「我看妳胖胖的就知道妳游不動。」「你告訴我五十公尺要游多久才算快？」中年婦人並沒有退縮的打算，繼續瞪著年輕管理員，眼中帶著殺氣。年輕管理員一時辭窮，只好指著池邊的計時鐘說：「你可以參考……那個……這個……」話還沒說完，胖婦人已經噗通一聲下了水，濺了管理員一腳水花，然後慢慢的游了出去。說實話，雖然姿勢優雅，但還真的很慢，像烏龜那樣。不過，我真羨慕她。我終於發現在關鍵時刻，女人通常比男人勇敢，有自信。

受到這個胖婦人的感召，我決定重回快速水道。在哪裡跌倒就要在那裡爬起來，忘了是哪個偉人隨口說的。我抱著必勝的決心在池邊坐了下來，先把腳伸進池裡適應一下水溫，我打算全力衝刺，為自己強韌的生命作見證！

這時耳畔傳來年輕管理員很溫柔體貼的聲音：「先生，如果你累了，可以坐在後面的板凳上休息休息。」

也許是我坐在池邊太久了，於是我不顧一切的跳下了快速水道，拚了老命的，像逃難一般的向前方游了過去。

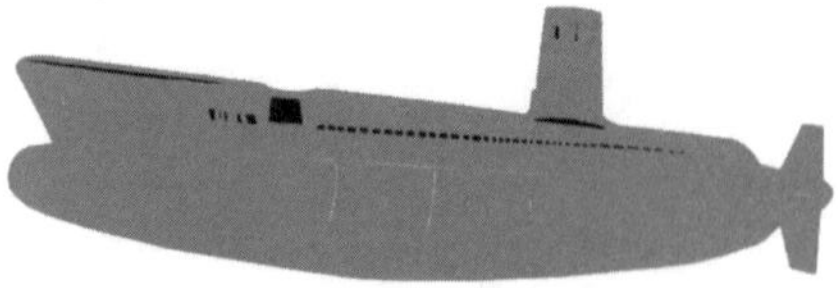

大牌演員

我向我的導演兒子請教關於表演這件事。我告訴兒子說我最近受邀要去演一部朋友拍的電影，一部由真人真事改編的電影。「又是那種友情客串？」導演兒子很同情的問著。「比友情客串還要多一點點戲的配角。我要演一個醫生，是那種很不快樂的，自己還有很多問題和煩惱的那種。」我忽然發起牢騷來：「從前許多好朋友當導演時，對我總有一種刻板印象，凡是那種呆板的公務員啦，嚴肅的老師啦，很無趣乏味的獸醫啦，就會找我客串。其實我是可以演二十四個比利那種多重人格分裂的天才演員。」「好啦。那我教你一招。」導演兒子不愧是去美國接受過嚴格訓練的傢伙，總算對我做出一點回饋：「你如果和別人演對手戲時，想盡各種方式不要看對方，因為只要你的眼神看了對方，剪接師就有剪接的點，他就可能會跳接對方。那些大牌演員都是這樣搶戲的。」

第一次我接到通告就是要搶拍醫院的戲，從白天趕拍到晚上，原本兩天的戲要在一天內拍完。我的第一場戲是癡情的丈夫要帶患了小腦萎縮症的妻子去環島旅行，醫生堅決反對並且還語帶諷刺。我隨手找了一枝筆，我不斷的玩弄著那枝筆做出焦慮的模樣，我故意不看演丈夫的演員，我不要給剪接師找到剪下去的機會，這是導演兒子的警告。一次又一次的NG，攝影師不斷的提醒我說：「眼神不對。你要偶爾看看對方。」終於到第七次了，導演終於忍不住表演一次給我看，導演的眼神是死死盯著對方看。要拍第八次了，導演說：「還有，不要一直玩筆。」那一刻我發現自己真的有點像精神分裂的二十四個比利了。

下次的通告地點竟然是總統府裡面的餐廳。那是一個病友們和熱情的民眾夾道歡送癡情丈夫推著輪椅、帶著小腦萎縮症的妻子再度出發去環島的大場面。醫生夾在人群中冷冷的觀看著，當隊伍走遠，醫生只問了一句話：「他們？辦得到嗎？」導演怕我嫌對白少，笑著說：「你是關鍵的最後一句話。」於是一整天，我就在總統府的餐廳內，喝著咖啡吃著便當看著那本《刺蝟的優雅》，三不五時的抬起頭望著總統的辦公室，裝成很優雅的，但是又有點像刺蝟的問著：「他們？辦得到嗎？」

下雨天　我穿著短褲和拖鞋來到身心障礙福利會館，今天的戲非常輕鬆，沒有對白。導演鼓勵我說：「這次雖然沒有對白，但是你靠著牆柱用眼神和肢體表達各種情緒。有點尷尬的……」「有點感動的、有點慚愧的……」我接著說。「對。對。沒有對白。但是，戲全在你身上。」導演笑了起來，攝影師又補了一句：「我的鏡頭會慢慢推向你……」「可是也可能被剪掉。」我心裡偷偷說著。戲要開始了，我將背靠著牆柱，雙臂環抱做出自衛高傲狀。我想起《悲情城市》裡梁朝偉已經是大遠景中的小黑點了，他還賣力的演著。於是我也靠著牆柱緩緩扭動著軀體和眼神，導演兒子說大牌演員都是這樣搶戲的。

有一天終於等到了一場醫生向一個女孩傾訴自己童年不幸的戲了。我把導演寫的對白全部刪除，自己重新寫了好長好長一段話，大概意思是我看到丈夫慢慢推著坐在輪椅上的妻子環島時，內心無比激動。因為想到小時候總是有個聲音在我後面喊著：「快一點，快一點，再慢就來不及了，就要輸給別人了……」我說著說著痛哭流涕起來。

那年金馬獎我本來已經答應要當評審委員，可是不久接到主辦單位電話說：「你不能當評審委員了，因為有一部電影把你報名參加最佳男配角的項目。」

下次記得要點兒童餐

一大早我行色匆匆的趕著參加一個會議，記事本上寫的是九點半。就在快要到達開會地點時我翻出開會通知才發現，時間已經改成十點半，是我忘了多看一眼。從前工作時，都有祕書或行政助理替我處理這些瑣事，現在凡事都要自己來，總是會有些差錯。

不過我是個務實的人，我立刻想到還有一些待辦的事情也許可以利用這多出來的一小時去完成。一寸光陰一寸金，凡事講求效率和效能，這是我一貫的生活態度。我站在捷運的出口前，盤算著如何改搭車去辦其他事情。其實今天凌晨四點才從音樂劇的排練場回到家，早餐還沒時間吃，為何不放自己一馬，就讓自己「好好的」去吃個早餐？於是我從原來的捷運出口走出來，腳步變緩慢。我像一隻地鼠般抬頭看藍天，陽光燦燦好刺眼，斜對面一間招牌直沖雲霄的麥當勞，就麥當勞吧，我想。

我站在櫃檯前點餐，點了一個滿福堡和一杯咖啡。隔壁一個媽媽好像是點了兒童餐，因為店員正向她推銷再加多少錢就可以買一個公仔，然後這個錢就可以捐給慈善機構等等，沒想到這個媽媽立刻追問會捐給哪一家慈善機構，店員說：「有很多慈善機構，在那邊你可以去看看。」我其實也有點喜歡公仔，或許也該點個兒童餐，我有點後悔。

我捧著只花了五十九元的早餐開始尋找位子，寬敞舒適的空間稀稀落落的坐了一些客人。我走到一個最裡面、人最少的角落坐了下來，兩個中年男子正大聲的討論著今天報紙的頭條新聞，關於蘇花公路的危險和政府的政策。雖然他們談的是一個很重要的問題，但是聲音實在太大了，我不願意忍受這樣的轟炸，決定換個位子，於是我起身離開。

我換到中間一個靠牆壁的沙發椅上，隔壁坐的是一個正安靜的編織著毛衣的中年女人，我打開咖啡杯加少許的糖和奶精，我很想練習喝黑咖啡，但總是沒成功。一個用手機談生意的中年男子的聲音像廣播一樣，大聲傳過來：「你知道嗎……我這樣會被我的老闆罵翻的。我給你的價格是同業中最低的，那是因為我豁出去了……你知道嗎……為了給你這個價格……你知道嗎……老闆會罵死我的……你知道嗎……」我咬了一口滿福堡，很想大聲對那個人吼說：「我知道了。閉嘴可以嗎？」我沒敢吼出口。奇怪的是，也沒有人理會那個大聲說話的男人，店員也沒有阻止他繼續大聲談生意。就像店員不會阻止有人走進麥當勞只是上個廁所一樣。我決定再度起立換座位。我現在學會不必忍受一些人和一些事。過去我會壓抑自己的感受，繼續忍耐。

我又換到靠落地窗那排陽光已經灑到座位的朝東位子上，卻有另一個在談生意的老傢伙：「不少不少……有幾十萬張吧？如果沒錢就不要說了……二千五百退五百……對拆……簽了才算……」或許他的談話中有點祕密，聲音比較收斂些，我終於可以安心的吃個早餐了。

忽然一陣騷動，一個身材高大穿著考究西裝的外籍銀髮紳士上樓來，身旁跟著幾個不斷用英語解釋的中年男人，然後店長帶著幾個店員跟在後面勤快的打掃著。這個銀髮老外神情嚴肅的把圓椅子舉起來細細翻看，然後指著牆壁上的木條裝飾談著寬度。我看著這家麥當勞的空間設計和桌椅設計，想著這家跨國大企業的經營之道，全都藏在細節裡。

我喜歡麥當勞這種平等對待每一個人的企業文化，在這樣的空間中我也學習不必忍受自己不喜歡的人和狀態，離得遠遠的。我不再壓抑自己的感覺，這是人生一大進步。

我喝了一口加了奶精和糖的咖啡，想著這真是一個吵吵鬧鬧的世界。下次記得要點個兒童餐。

我吃苦瓜你吃高麗菜

我從松仁路和松高路之間緩緩穿過，剛才又結束一個會議，秋天也將要結束了。那種還帶有微熱陽光味道的風吹在身上好舒爽，連毛衣都好像多餘了。

那附近停了很多公用的自行車，偶爾會看到一些外籍觀光客試著在借用，這附近的風景還真有點吸引人，不過大部分的台北人都是乖乖的在公車站牌下等著車或是再多走幾步就鑽進了市府捷運站了，我便是會往地底下鑽的地鼠。有個常來台北開會的大陸學者說，他只要踏上台北整個人就都放鬆了，每個人的臉都是輕輕鬆鬆的，連風的味道都不一樣，有股自由自在的味道。「然後找一家館子吃頓飯，舒服透了。」他這樣讚許著台北。

捷運到了忠孝復興站時，我隨著人群下了車，原本是該轉個車回家的，忽然想起那來自彼岸教授的讚美，何不找一家館子坐坐，享受一個人獨處的台北時光呢，這是我過去生命經驗中最少有的選擇。時間是下午四點，於是我想到了鼎泰豐，只有在這個時間是不用拿號碼牌的。我對於自己竟然產生這樣的念頭感到小小得意，我的味蕾極少發出過如此精準的，關於什麼時間？去哪裡？吃什麼的指令。我過去經過信義路金石堂門口，看到排隊等著吃鼎泰豐的人潮，會想不通這世界上怎麼有那麼多願意擠在人家門口等著吃一口飯的人啊？緊挨在隔壁的金石堂反而成了文明世界的諷刺了。對於鼎泰豐，過去我一直就只有這樣的刻板印象，一直到上一次，也是下午四點多，不經意的在捷運復興站的百貨公司，不用拿號碼牌走進鼎泰豐後，我有了全新的看法。

和上一次的經驗一模一樣。我會像登上了飛機的機艙一樣，直接被一位穿著制服畫了淡妝的年輕女空服員帶領到一個可以坐兩個人的位子上，然後立刻換一位同樣打扮的年輕女空服員笑臉相迎，她會建議你坐在較寬敞的靠牆那邊的位子，然後她會將顧客的大包小包放在對面的空位上，然後再用一塊和她制服同樣咖啡色系的大餐巾將顧客亂七八糟的包包輕輕覆蓋著，她覆蓋時刻意很輕柔的好像在蓋著一個最寶貝的嬰兒一樣，然後她會對顧客側著臉微笑，她臀部的對講機很專業的翹了起來。雖然顧客都知道這是一套很嚴密的系統做業流程，她們的微笑不是因為你長得特別英俊或是美麗，而是這一刻你踏進了她們工作的餐廳。但是顧客還是會被感動，忍不住讚嘆說，真周到啊。就像那個常來台灣的大陸學者所嚮往的台北生活情調，他享受那種良善、親切的服務態度。

我的左手邊坐了兩個和我年紀不相上下、卻穿著貼花布牛仔褲的歐巴桑，正在向服務員詢問著菜色，兩個歐巴桑的談話讓我覺得她們是好久沒見面的老朋友，難得相約見面聊聊生活近況。我的右手邊坐了一對也是很久沒見面的母子，母親連菜單都看不清楚，只是揮手說隨便吧，穿著運動服的兒子對菜色更陌生，把所有可能的菜都唱名一遍，顯然是母親請客。反倒是坐在更遠處的那個年輕男孩像是一個熟客，他進了門放下沉重的大背包，連菜單都不看就已經點好了。那個年輕男孩像個七年級的研究生，有一種冷漠和自信。我偷偷比較了一下我和他點的食物，竟然有兩樣相同，小籠包和排骨麵，唯一的不同是我點了苦瓜冷盤，他炒了一盤熱騰騰的高麗菜。

我們的消費能力竟然不相上下，七年級年輕人竟然還略勝一籌，這也是台北的一種特殊味道吧。我不服氣的看著年輕男孩那盤熱騰騰的高麗菜，想著下次一定要點一盤來吃吃看。

原來運動和知識也可以很焦慮

這是一個難得沒有功課的星期天，更難得的是在寒流之後太陽終於露了臉。

我的第一個反應是，趕快洗衣服曬衣服，第二個反應是也要好好曬曬自己和洗洗自己，慢慢把前陣子不規律的生活步調調整回來。前陣子常常熬夜甚至有過幾次快到天亮的活動，有時連好好吃個飯或洗個澡都有困難，通常我的身體會用急性腸炎來對我的不良生活發出嚴重的警告。

我揹著小包包走向我的天堂角落。這次我不選擇往山頂去，只想在戀戀蟬聲的木棧道那裡做做國民操、拉拉筋、曬曬太陽、看看書，那是有點懶散又有點輕鬆的選擇。或許是陽光的召喚，今天有好多組生態體驗的隊伍在我的四周流竄，隊伍中有大人也有小孩，嘰嘰喳喳的將這個原本寧靜的天堂角落弄得熱鬧非凡。天堂角落裡有永遠講不完的動植物和生態的知識，對於像我這樣大學讀生物系的人來說，依舊很新鮮。

我來到很久不見的戀戀蟬聲木棧道，今年整個夏季和秋季我幾乎都錯過了。面對著高大的香楠樹和其他因為種子落地自然長大的柚子樹，開始做著沒有一定順序的國民健身操。通常我很難按著既定的規律做事情，哪怕只是一首歌或是一段體操，我總是唱著唱著就改了歌詞或是改了動作。原來我是一個只能獨舞或是獨唱的過動兒，我害怕做整齊劃一的事情，所以服兵役曾經是我生命中最大的噩夢，上學考試也是。

在這個天堂角落，每天都有許多不同門派的健身隊伍，在不同的時間非常規律的進行著，有的拉毛巾有的舞扇子有的舞劍，在我看來和小學時代所學的國民健身操大同小異。做完了健身操後我喝了些水，在陽光下讀石田衣良的極短篇，我想要的就是這種悠閒感覺，沒有人指導、催促和規定。我受夠這個喜歡指導別人的世界了

這時有一個女人快步走上了棧道，快步走到了我的旁邊，快速脫去了紅色外套，快速躺在我的旁邊，快速做出向後翻滾的動作。她完全無視於我的存在，每次的翻滾抬腳都幾乎要踢到我，好像這樣的快速翻滾可以立刻治好她的某個疾病那樣的急切。果然一個不小心，這個女人用力過猛，從椅子上滾落地面。我偷偷地觀察了一下身邊這個女人，鮮黃色的上衣搭配著亮藍色的長褲，還有一頂垮垮的土黃色帽子。我憑直覺判斷這個女人是和我同個世代的人，連運動休閒都可以做成那麼焦慮、緊張、拚命。

「好。大家看這兒，有一隻綠色的毛毛蟲。牠有一對看起來很巨大的眼睛，各位知不知

道那是不是牠的眼睛呢？答對了，那是牠用來嚇別人的偽裝。牠的眼睛在最前面，有六個小小的單眼……這是無尾鳳蝶的幼蟲……」一體驗隊伍上來了，解說員忙著解說著各種知識，大人拿著圖鑑跟著學習，小孩在一旁追逐玩耍，解說員繼續她的講解：「這是蛺蝶的蛹……蝴蝶產卵時一定會將卵產在特定可食的植物上，結蛹時就不一定了……這些是芸香科的植物，包括柚子、柑橘、檸檬，無尾鳳蝶的最愛……」

原來運動和知識也可以很焦慮。此刻的我，只想閉起眼睛冥想，享受陽光，請勿打擾。因為那個令人窒息、苦悶、恐懼的舊時代已經走遠了，再見。

此時此刻，我，十九歲

我滿頭大汗的跑進了台大藝文中心的教室，學員們都到齊了，這是台大野學堂電影劇本工作坊的最後一堂課，我從口袋裡掏出一張皺巴巴的餐巾紙，像變魔術般的打開來，上面寫著一些密密麻麻的字。我半開玩笑說：「這是剛出爐的一些關於文學改編成電影劇本的討論會的幾個關鍵報告，和你們熱騰騰的分享。」於是我將餐巾紙上寫的重點逐一的宣讀著。

一小時之前我正在一家高科技大廠的會議室參加一個「華文世界電影小說獎」的決審會議，我們討論著「什麼是電影小說？」過去在出版分類上如果標明是「電影小說」，通常是指電影要推出前找個寫手（這還有點貶抑的意思，連作家都還不夠格？）將劇本改寫成小說。這個改寫的目的其實是宣傳電影的意味大於原始創作。不過這次在華文世界首創的電影小說比賽卻是強調文學的原創性：「小說內容的元素要件，包含人物角色、背景場景、故事情節，無論類型如何，均須具備相當的清晰度、深刻度，描寫設定有利於且有易於電影攝製者。」換句話說，應該是挑選有電影感的、容易改編成電影的小說。

我在電影劇本工作坊上課時，最常對學員說的一句話就是：「電影比文學現實。」所謂的現實，不只是電影的投資和票房回收，其實還有更現實的就是電影的呈現方式。電影是將創作意念透過複雜的攝影、燈光、美術、音樂、效果，轉化成人類最原始的視覺和聽覺，那是人類從嬰兒期就有的原始感官。因此在創作電影劇本時要考慮的元素就比文學來得現實。文學可以天馬行空讓意識和思想隨處流竄，讀者也可以隨著個人的經驗和想像進入文學豐富的想像世界，但是電影不行。一個鏡頭一點聲音就是那麼直接的刺激觀眾的感官，容不下太多的想像，所以保有太多想像空間的電影，我們就會說：「這部電影的文學性很強，容易得獎不容易贏得票房。」我最常和學員們分析的就是「有電影感的文學作品」和「有文學性的電影作品」，這是我自己創造的核心課程。

每次上完課從台大基隆路的側門走出來後，我總是沿著基隆路旁的人行道慢慢散步回家。基隆路上有高架橋，下有車道，非常的吵雜，其實並不適合散步，但是我總是無法立刻從剛剛上課的情緒中立刻脫離，我得靠走一段漫漫長路流一身汗後，才能進入到另一個情緒裡面。我一直是那種在工作中無法自拔的工作狂，因為自己不可遏止的熱情。

我走到長興街那一段時路上相當冷清，只有一家7-11白燦燦的亮著，像一個矗立在黑夜中的巨大捕蟲燈，吸引著四周剛好飛過的昆蟲們進到燈裡覓食，我往往也是其中一隻疲累的蛾。我也會像那些大學生一樣買些吃的和喝的，如果有貼紙，也會慎重的貼在那張集點卡

上。然後我會找個靠窗的位子坐下吃點東西喝點飲料，我看起來就像是上了一整天課的大學生。

我告訴自己，此時此刻，我的身心，只有十九歲。

當學生寫情書的美好時光

我接到公司通知說年底之前還有十二小時的課程要上，從小最怕上學上課的我找了各種藉口拖延，終於勉強排定在年底的最後兩天上滿這十二小時「董監事實務研習班」的課程。

我走進教室打量了一下整個環境，挑了一個最後一排靠窗的好位子，那是一個讓我很有安全感的位子，從前在讀大學的時候如果是自由入座，通常我都會挑這個好位子。四十年過去了，我還是像個自閉症的孩子一樣，自動的走向了那個位子。也像大學時代那樣，把講義放在桌上，然後把看了一半的小說《失落的符號》放在講義旁邊。還有比四十年前多了一個玩具，一台智慧型手機。

第一堂課的老師是一家知名會計師事務所所長，他上課的方式是不停的自問自答，他講的笑話同學們都大笑，我卻笑不出來，因為他舉的那些人物和公司我都沒聽過，我這輩子沒買過股票，誰幹了什麼壞事我也都沒興趣。不過，我還是非常認真的做了筆記：「如果你是擁有百分之五的股東，你應該爭取當監事而不是董事。」「一個獨立董事替小股東監督公司是六十分及格而已，如果能避免公司過於內部化和盲目化，是七十分。但是如果有一個意見被公司採納讓公司從九十分變成九十五分，這才是獨立董事真正的貢獻。」「原來九十五分的總裁要找的不是比自己差一點九十四分的接班人，而是要找有潛力從八十分爬到九十六分的接班人。」

我很認真的聽課做筆記，我沒時間看小說和玩手機。但是本能的，我還是會觀察坐在前方的新同學們，他們的身分都是公司的董事長、總經理、監察人等。坐在我前方穿著很講究戴著金絲邊眼鏡和耳機的女人一直在講話，她的口氣像是在指示著公司員工一些原則性的東西，那種口氣對我而言是最困難的事情。我永遠學不會命令、指示和罵人，過去我總是在我主持的例行會議上想盡辦法說笑話，我嚮往做個談笑用兵的大將軍，或是嘴裡叼根菸，瞬間掏出手槍解決壞蛋性命的荒野英雄，我最怕自己淪落成一個坐困愁城只能以罵員工為樂的無能老闆，等著被員工們開除。

我想起大學時代的普通化學課，我總是坐在教室的最後一排最靠窗的位子。有一天我心血來潮，埋頭寫了一封邀約女生的情書，在信封上寫上坐在第一排的女生的名字，再寫上「請勿拆閱」四個字後，就請同學們往前傳。結果那封信就成了枯燥課堂上的小樂趣，同學們傳閱著那封情書。然後，我的第一次在圖書館旁荷花池畔的約會也就在眾目睽睽下公然的進行著，所有尚未嘗到戀愛滋味的曠男怨女們集合在圖書館的窗口，觀賞我們的世紀初戀。

「有一家科技大廠在金融海嘯時不但沒有裁員還把一些老員工找回來，為什麼？然後積極購買器材，為什麼？」老師又自問自答起來：「當景氣回春，器材成本逐年攤提後一百元有九十元不在帳面上，成本相對很低，利潤就高了。」

我望著窗外，想著多年前的那段坐在教室後面，寫情書的青澀歲月發愣。想像著未來某年某月某日，我會再見到那個十九歲的大學女生，然後，許多答案和真相將一一浮現，這將會是我們初老階段最重要的事情。

當瞳孔放大時

我戴著口罩揑著幾張醫院檢驗單，在眼科門診外面的另一個小房間外鬼鬼祟祟的張望著，大門的牌子上寫著「光學同調斷層檢查室」，外面的燈號還是亮著「1」號，一切靜悄悄的，裡面外面好像都沒人。我再看了一眼自己的檢驗單，是「6」號，我已經看了很多遍這個號碼了。

我按照門上貼的指示，把檢驗單投進一個像信箱的地方。看著門上貼的病人名單，我特別注意著這些病人的出生年份：「一九二八」、「一九三二」、「一九三四」、「一九四六」、「一九四九」、「一九五五」、「一九六七」、「一九八五」……我統計著：「看來比我老的比較多，也許我是提早發現不對，應該是不幸中的大幸。你看，還有那麼年輕的，這個人是一九八五，這麼年輕就來看病……可憐。可憐。」

我在門口焦急的走來走去，每隔一陣子就去打開信箱看看有沒有人取走我的檢驗單，但是檢驗單一直放在那兒沒人取走。終於技術人員探出頭來叫一個女人的名字，有個「娥」

字，一個老婆婆從我身後冒了出來，後面緊跟著兩個女人扶著她，她們三個女人手牽手一起擠進房間，像是裡面有什麼好康的禮物可拿。我想：「這個看起來應該是一九二八的。八十一歲，或八十二歲。硬要說八十三歲也沒人會反對。」老婆婆進去了，兩個女人被趕出來說：「裡面有輻射線。」我繼續在門口走著，做做體操，順便偷看一下檢驗單還在不在。

老婆婆出來後下一個就輪到我了，護士喊著我的名字，我很振奮的舉起手喊一聲：「有。」「你給我健保卡放下，你給我屁股坐下。我要給你點散瞳！」口頭禪是「你給我」的技術人員的口氣平淡得像四季不分沒有寒暑，也像微風吹過草原還算溫柔：「藥水多的別怕，我會給你擦掉。你給我坐在外面等，我會叫你。」我靜靜的坐在長條椅子上等待瞳孔放大，正好就坐在剛剛被趕出來的那兩個女人旁邊。我聆聽著她們充滿「人生智慧」的對話。

「我們四年級的人啊，要開始去想那些事情了。不再是那種還想要這個、還想要那個，什麼都想要的年紀了。我們翻過了人生的最高峰，開始要走下坡了。下坡，你懂我意思吧？」「是啊。每次開同學會的時候，總是會有人沒來，還有些人已經提早去和上帝喝咖啡了。人生嘛。」「走下坡時就要有走下坡時的方法。我們要開始認真去面對餘生。餘生，你懂我意思嗎？」「其實死亡沒那麼容易，為什麼有人能死而復活？要等靈魂脫離身體，才算真的死亡。你懂嗎？」「下坡不要用衝的，要步步為營，欣賞四周的風景。你懂我意思嗎？」一個在說「下坡」，一個在談「死亡」，我也是四年級生，但卻像在聽鬼故事一樣，聽得津津有味。此刻我的瞳孔漸漸放大了，我正體驗著「死亡」時的感覺，是隔壁這兩個「人生正要走下坡」的女人提醒我的。

「我還想活很久，我正在上坡，山上有絕美景色等待我。」我心裡吶喊著：「因為我還有很多事想要做！」我覺得自己的巔峰時代尚未到來。我還想再拚個十年，甚至二十年。我對這個悲傷的世界充滿了眷戀。

活標本

牙科診所的年輕助理小姐帶我到X光室裡面的椅子上，她給我套上一件厚厚的有顆牙齒寶寶的圍兜，讓我看起來像個傻呼呼的幼稚園的小孩。

她說：「請伸出你的右手的食指，比著1……」我乖乖的照著「幼稚園老師」的指示做出了「1」的動作，還不忘裝可愛。我猜想這是表示我要拍的「第一顆」牙齒，過去拍電影時偶爾忘了帶打板也會用這一招。「不對，要橫過來。」老師糾正說。於是我將「1」變成了「一」，難道要他表演刷牙？「把手指伸進嘴吧裡。」老師繼續發出指令。

電腦世代的小孩似乎只能這樣按著步驟發出指令，她無法用簡單的語言表達她到底要我做什麼。我一臉茫然的望著她，我真的不知道助理小姐要我做什麼。如果真的是在讀幼稚園，可能一巴掌就下來了。直到她在我的嘴裡硬塞進了一片黑色的感光片後，我才恍然大悟，她其實是要我用我的手指去壓住感光片，可是她又說不清楚要我壓住哪一顆牙齒，我只能用手指在嘴裡滑來滑去。最後助理小姐乾脆換了一種方式，她用一根大木夾先夾住底片，然後將整根木夾塞進我的嘴裡，還好我的嘴巴夠大。我們就這樣彼此折騰了很久，直到年輕的女醫師等不及走了進來，三兩下就弄好了。哎，代溝真的很深。

我坐回可以平躺下來的椅子上，一張大大的面罩覆蓋了下來，只剩下嘴巴和牙齒是露出來的，年輕女醫師就像面對一個牙齒的活標本般，用尖尖的探針逐顆牙齒仔細檢查著，她不停的唸著一些數字要小助理記下來，像是在報告股市開盤後各股的價格。我腦子裡跳出許多的念頭，從前固定給一個年齡和我相近的牙科醫生看牙齒，他從來沒用過任何測量儀器，直接就洗牙齒或是清除齒石。現在的工程怎麼變成那麼浩大？助理似乎又犯了錯，女醫生用橡皮擦擦著那些錯誤，態度溫和的說：「怎麼又忘了？才剛剛教過的。」現在的小孩笨起來還不是普通的笨！嘴巴被大木夾撐破的我，暗暗罵了一聲。

戴著口罩和眼鏡的年輕女醫生拿出一張彩色的牙齒圖鑑，開始向我講解牙齒的結構，並且也向我詳細報告我的每顆牙齒的狀況，我有點被她驚嚇到，是受寵若驚，也是膽顫心驚，面對「真相」真是很恐怖。從此，我每週就要去向女醫生報到接受治療。第一次治療前，她將她的「活標本」先塗上了紫色的染料，當我漱口許多次後，那些紫色的染料還遍布各角落讓我像個吸血鬼。她告訴我說，被染色的部位就是表示要治療的部位，然後我就被上了麻醉藥，瞬間半邊臉失去了知覺，連漱口都很困難，這時的我更像是活標本了。女醫師在我失去感覺的齒根上用力刮著、刨著，像是在一排古城牆底下拚命的挖掘，尋找前人的遺跡和寶藏。

原來「失去感覺」的感覺就是這樣的，其實此時此刻我應該是非常疼痛的，可是我沒感覺到一點點的疼痛，我終於懂得那些要藉酒澆愁的人為什麼要靠麻醉自己來逃避痛苦了，或許，他們的內心真的很痛，只是說不清楚。過去我到底是不曾有那麼痛過，還是我用強大的意志力克服了那些痛？也或許是，我早就有一種讓自己失去知覺的機制，來面對人生曾經有過的痛吧？

離開牙科診所後，我騎著單車穿越馬路，疼痛的感覺終於一點一點的甦醒了，這可是我初老階段的重要發現。

同學，你以為你在打電動啊

我原本就是個缺乏方向感的路癡，加上容易焦慮，讓我常常陷入莫名的緊張恐慌狀態。我在這棟被列為古蹟的大醫院二樓迴廊，滿頭大汗的鑽來鑽去，手中捏著幾張醫院的檢驗單，但就是找不到上面寫的「視野檢查室」。我問了幾個護士和志工，她們都是用手指一指說：「從這邊走，往那邊去，有個樓梯，往那個方向去。」

我不敢再多問，像隻白老鼠一樣繞著走廊轉圈圈，竄來竄去的，終於又遇到了一個護士，我厚著臉皮又再問了一次。護士邊往前走邊說：「你跟我走。」我滿心歡喜的連聲說「是，是，謝謝，謝謝。」走了長長的一段長廊後停下來，她同樣的也指了指前方說：「從這邊走，往那邊去，有個藥局，旁邊有個樓梯，走下去，往神經科的方向。」這次她多說了幾個關鍵字，我終於找到了。因為她願意多說幾個字，雖然她戴著口罩，我還是覺得這個護士非常美麗。

坐在視野室的技術員也戴著口罩，我無法判斷她是不是很美麗。她像老師質問班長的口氣問我說：「你為什麼遲到那麼久啊？你是一號呢。一號遲到，別人怎麼辦？」我連忙低頭賠不是說：「對不起。對不起。我找不到教室，不，不是教室，是視野檢查室。」老師接著說：「二號也遲到了，所以你要快一點。把書包和外套放下，動作要快。」老師給了我一本書，但是拿反了，我很乖，自動將書扶正。老師一把將書搶過來說：「我是故意拿反的。」我知道自己是假會。老師很快的給我戴上有度數的單片眼睛，指著上面幾個很小的「C」，我也很配合的用手指指著上下左右說：「這裡。那裡。這裡。那裡。」

我跟著老師，小跑步到裡面放有一台電腦視野儀的房間。老師催促著我說：「很好。動作要快。對。快。」老師給我戴上了一個海盜的單眼罩，開始做視野檢查：「眼睛要盯著中間的綠點看，不要四處去搜尋其他光點。眼球不要亂動。好，開始。」老師交代我考試不能做弊，她不知道，我從小最怕考試。

視野裡的小星星開始鬼鬼祟祟的從四面八方冒出來了，忽明忽暗忽大忽小，我像玩著電動玩具一樣按著鈕射擊小星星，我滿頭都是汗水，看到了很多很多的小星星同時出現，像夜空中的星光燦爛，我知道，我已經兩眼冒金星，此刻的我早就眼花撩亂了。

「同學，你以為你在打電動啊？亂七八糟。」老師溫柔的笑起來，大概覺得這個初老男人怎麼像個小孩子一樣過動，而且很乖很怕老師，最聽老師的話。

她不知道，我從小學起都是全校第一名。初中時還當選過全校最高票的模範生。

阿北，你不要一直偷看

我氣喘吁吁的走了兩段古蹟內的樓梯，熟練的快速穿越眼科整排門診後又往下直奔一段樓梯，九點五分，「視野檢查室」外面空盪盪的。我手腳伶俐的把門診單投入信箱，一個女聲很快從屋內喊了我的名字，我精神飽滿如同一個剛剛報到的士兵，很服從的回應一聲：「有！」來這裡做檢查已經許多年了，到醫院像進自己家廚房一樣熟悉。

我推開了檢查室的門，在昏暗中一個白袍小女生冷冷地看了我一眼，用老師對學生說話的語調訓話說：「阿北，你以後不要再遲到了。你今天是第一號，你遲到了，後面的人都要被你延誤。知道嗎？」她的話完全有道理，可是不曉得為什麼，我原來一早醒來擁有的那些「蓬勃朝氣」瞬間消失了，彷彿是已經走進了暮色中的老人，心情完全不對了。為什麼呢？我問自己。問題出在小女生那聲親切的「阿北」。叫我「阿北」那裡不對呢？至少她沒有叫我「老伯」或是「老先生」，或是「阿公」。可是不知道為什麼，就是不太爽。

坐上了視野檢查的儀器前面，白袍小女生叮嚀我說：「阿北，眼睛要盯著中間那個亮點看，不要偷看旁邊。」她的口氣簡直就是老師在發考卷時提醒學生不要作弊一樣。其實這個檢查我已經做了許多年了，不用她囉嗦。自從某一年心血來潮做了一個全身的健康檢查之後，忽然多了一些固定要追蹤或治療的慢性病，眼睛便是其中之一，從此之後這幢美麗的古蹟好像成了我家後花園，我定時穿梭在花園的迴廊中，頗有一種安全感。

檢查開始了。我熟悉的操作著手上的按鈕，只要在視野中出現了亮點，我就要像玩電玩一樣按一下。「阿北，眼睛！眼睛不要轉來轉去，不要一直偷看！」「我……我沒有！」「你有。我們重新來過！」白袍小女生一定是新來的技術員，她非常認真。她沒有說錯，我可能有偷看，我今天一直心神不寧，只因為她叫了我一聲「阿北」？一切重新開始。我瞪著眼睛直直看著前方的亮點，越是想不犯錯，越是容易閃神。「阿北！不要偷看。」她又喊停了一次。她有點無奈的看著我這個不乖的「阿北」。

「我以前都很乖，也不會偷看。」我也很無奈的看著她說：「我們再來一次，但是，請你不要一直叫我阿北。」

已經很多年了，技術人員越換越年輕，我從被叫「同學」變成「阿北」。唯一不變的是，我總是遲到，總是忍不住的左顧右盼，無法集中。因為我真的是個過動阿公。

越老真的可以越快樂

我收到出版社一位企畫專員的一封長信，大意是說他們計畫出版一本島田洋七最新作品《越老越快樂》，希望我能推薦這本書。

我幾乎每週都會收到一封這樣來自不同出版社的邀請信或電話，或乾脆直接寄書稿來碰碰運氣的。基於將好書介紹給讀者的理念我也還算樂意共襄盛舉。有時答應掛名推薦後連一本新書都沒收到，覺得有被人「用過即丟」的感覺，久而久之，我就換一種「好玩」的態度應付這類的邀約。

像這一次，我就回答對方說：「越老怎麼可能越快樂？不過我還是樂意推薦。」對方回答說：「越老怎麼可能越快樂？所以才要看島田洋七的書啊。」其實對方並沒有嗅出我真正的口氣，我對這本書的名字「非常」敏感，他心想：「是不是我已經被列入『老』字輩的作家，所以才會邀我推薦『越老越快樂』？」曾經有個雜誌社的記者在報導我時，用了「老作家」三個字來「尊稱」我，那個傢伙從此被我列入是「年度最蠢的大笨蛋」，那本雜誌從此也被我列入是「拒絕往來戶」，因為編輯也沒有盡到把「老」字刪掉的責任。對我而言，這簡直是一種莫大的羞辱！難道他們不知道「才」三十年前我還是被稱為「青年作家」的嗎？「老」這個字對我們戰後出生的這一代，是多麼嚴重而難堪的字眼啊？

書稿寄來了，我第一件事，就是注意到島田洋七的年齡。一九五〇年生於廣島。哈，比我老。不過這本書其實是描寫他在十年前，搬回佐賀去照顧中風癱瘓的岳母的有趣過程，島田洋七用他一貫幽默的態度和筆調寫出這十年如何陪著病榻上的岳母度過原本會拖垮家人的憂傷歲月。我立刻想到二〇〇九年春天，在我媽媽離開人世前的那段日子，我也是日夜陪伴在她的旁邊，和她玩著太空人的遊戲。那時候媽媽連起身吃飯和坐馬桶都要用抱的，我就會一邊抱她起床放在椅子上吃飯一邊說：「九十歲的太空人黃冰玉女士現在要進入太空艙啦，她現在要出發到太空啦。她現在正在吃著太空食物。因為太空無重力所以吃起飯來辛苦……她現在要上廁所……恭喜啊，她成功的克服了無重力，讓漂亮的糞便向下……現在她又回到地球了……全世界的記者都守候在外面等待訪問她，不過她累了要休息一下……由她的兒子出去接受記者訪問。」

我邊翻著這本書稿，邊回憶著我和姊姊們陪著媽媽走過人生旅程的最後時光，我終於相信，我的媽媽真的是越老越快樂的，因為在她人生最後十年是被她的兒女們寵愛著，大家輪流帶著她出國去旅行，她自己每天都安排了爬山、練功和各種學習課程，那也是她被兒女們擁抱，或是擁抱兒女最多次的十年。

我還是有點「不甘心」，於是在對方再度來信詢問推薦意願時，我又回了一封信乾脆直接問說：「想問一下，你找來推薦的人都是你心目中夠老的人嗎。我很感興趣。」對方的回答很仔細：「倒不是老，是希望有人可以分享，或是有照護老人的經驗等。還有如何讓自己的小孩懂得與老人有愉快的相處。至少我身邊（也包含我自己），是比較不會與爺爺奶奶交流的。總有一天會遇到，就算不是爺爺奶奶，父母親也會年邁老去，也有可能需要照護，需要子女分擔事務。如果只是以孝順為名義，好像不得不做的態度，應該會很苦惱、很不愉快吧。以上，不知道這樣，算有回答到你的問題嗎？」

顯然，我是在和一個「非常年輕」的小孩子通信，因為在她心目中的「老」，指的是爺爺奶奶。而我所有的無聊行為都顯示，其實我非常接近「老」了，我覺得，自己真是夠無聊的，怕老怕成這個樣子。我只願意承認，自己才剛剛進入初老。但是，不會有人用「初老」做為形容詞，寫「初老作家小野」吧？

三溫暖

我趴在運動中心的熱水池裡讓強力的水流衝擊著自己的腳掌。沿著熱水池還有冷水池、蒸氣室、烤箱，也就是俗稱的三溫暖。在我過去慌慌的生命中從來沒有享受過這樣的三溫暖，有的只是電影票房和電視收視率數字上上下下的三溫暖，成功與失敗交錯而來的三溫暖。

我曾經在西門町圓環邊的大樓內上班，每天的路線就是家和公司，電影這行業的酒色財氣我也沾不上邊，從來摸不清楚西門町龍蛇雜處的暗巷中有什麼有趣好玩刺激的人生。一天有個同事心情大好，忽然說要請大夥去上海澡堂洗個三溫暖，我不好婉拒，就跟著大夥去了澡堂。在熱氣蒸騰的澡堂內大家赤裸著身子忽冷忽熱的來來去去，我也拿著一個臉盆跟著大家忽冷忽熱的、有點慌慌的，偶爾用臉盆遮著那個有東西晃來晃去的部位。

這時一個按摩師傅問我要不要按摩，我沒有過類似的經驗，就傻傻的點了點頭，上了他的手術檯。那個看來很有經驗的師傅用一條毛巾在我身上用力揉搓，每搓一次就給我看看我的皮膚是如何藏污納垢的。後來我就跟著大夥領了一杯冰冰的汽水，到另一個可以躺下來看電視的地方，然後我很自然的睡著了。離開三溫暖的澡堂，才知道按摩是要另外收費的，而且很昂貴，答應請客的同事瞪了我一眼，我無辜的說，我以為每個人都要接受按摩。不過那個下午是我記憶裡的上班日子裡，最舒服最幸福的午後。不過我是天生勞碌命，雖然三溫暖和被按摩感覺是如此美好，從此我卻都沒再去過那種地方。我天天埋頭在辦公室裡，為一個遠大的理想戰鬥不懈。

運動中心的熱水池不大，可以容納六個人，人與人靠得很近，兩個人如果要聊天那就是讓六個人一起聽，可就是有人愛演講，一個看起來應該是退休年齡的婦人拉開嗓門聊天：「我啊現在又去上班了……婆婆生病住院還怪我不去看她……我啊這把年紀上班累死人……管不了……兒子吃我的住我的，一切理所當然。都三十好幾了……啃老……命啊！」焦慮的人們藉著不停說話來治療自己慌慌的心，連熱水池的按摩也幫不上他們的忙。

我轉個身，在運動中心的熱水池的角落裡，看到了幾隻忙碌的螞蟻。有隻螞蟻咬著一個比牠身體還大的食物「慌慌」的走著，當然，「慌慌」是我自己想像的，我只是從螞蟻走幾步停下來「想想」，又換個方向走的模樣來猜想的。當然，「想想」更是我用人類自己的思考隨便說的，螞蟻應該是不會「想」那麼多的。其實人類才真的是每天這樣慌慌的過日子，因為人類太會想東想西了。

我看著螞蟻想著我已經逝去的慌慌歲月和戰鬥人生，或許要多來泡泡三溫暖多接受按摩才能調整身心，重新面對未來的人生。

只要玩，不要偉大

黃昏時刻太陽還沒沉落，天還亮亮的但是風很大。我提著一袋剛從BONJOUR買的麵包，慢慢走在敦化南路和復興南路間的一條巷子裡。

多走巷弄會使我更有方向感，最近在這方面我有點進步了。我盤算著，先去捷運科技大樓站對面的葛瑪蘭汽車客運買張明天清晨的車票，然後再搭捷運回去。我走得很緩慢，而且有些恍神，最近工作接得比較多，心情也有點紛亂，連定時要交的幾個專欄都快要開天窗了。我很想鼓勵自己說，就開一次天窗吧，試試看會有什麼結果。我這大半輩子在專欄和交稿方面，從來沒有開過一次天窗，脫過一次稿。我好想改變一下自己這樣精準和認真的態度，就算因此失去一些工作也沒關係。都寫了快四十年了，多出點差錯，才像個「正常」的人。而不是工作機器。

就在買好車票穿過馬路時的匆匆人群中我遇到了一個人，她和我同時發現對方，我們就站在路口聊了起來。從談話中感覺，她以為我忘了她，因為我們只在十多年前合作過一集旅遊節目，當時她是節目製作人，我是節目主持人。我的工作除了要一路講解旅程中的景點和故事外，還得為整集節目撰稿。那一集是去菲律賓蘇比克灣，有旅行社想開發這個行程，願意贊助節目製作費用。我原先想，這樣的工作也不錯，有人願意出錢讓我到世界各地跑，還有固定收入，也許我可以因此改行成為一個旅行節目的主持人，成為一個旅行家，或旅行達人（那時候還沒這個名詞）。這是我過去工作時常有的夢想，任何一件工作會因為找上我而變得偉大，成為經典、成為典範，讓別人永生難忘。於是我找來了一本厚厚的筆記本，在封面上寫著「南進蘇比克灣」，第二頁畫上一張彩色的圖，然後開始記錄菲律賓的歷史、神話、社會、宗教和蘇比克灣的種種歷史和生態，我做了很多很多的功課。

出發時我發現除了我之外，只有一個製作人和一個攝影師，還有一個旅行社老闆。這並不是我想像的「偉大」的旅遊探險節目的配備，它只是一個置入性行銷旅遊行程的節目。不過我一向是個能自得其樂的人，也習慣在資源不足或是並不完全能自主的情況下，把工作做到最好。所以這一路上我玩得很快樂，晚上我們還抽空去唱了卡拉ＯＫ，美麗的製作人曾經出過唱片，旅行社老闆歌喉也是一流，讓我發現原來我並不適合當歌唱家（我曾經這樣嚮往過）。旅行社老闆還帶我去一個小型賭場賭一些小玩意，我一路跟著旅行社老闆押同樣的點，旅行社老闆很生氣的問我說：「你到底懂不懂賭博？我們不能押相同的！」回到台灣後，我思考一陣子，決定婉拒當這個節目的主持人，我發現在如此有限的資源下，不可能把節目做到偉大而經典，只能替旅行社做點行銷而已，這並不是我想要的工作。

我站在馬路上，對著十多年不見的製作人回憶著那次旅行的種種趣事，製作人也說些她這些年做了什麼事情。當製作人說到她去紐約讀了三年電影製作時，我忽然笑了起來。記得那次出發去菲律賓時製作人還說她這輩子最怕英文，所以只要是用英語聯絡的事，都由我代勞。結果她竟然敢去美國讀書！人真是會改變的，只要有勇氣和志氣。

我說：「你是學美術的，我們坐在船上時，你還隨手拿過我的筆記本替我畫了一張素描，畫得真像。現在倒是有點後悔沒答應繼續做，錯過了去埃及、南非等地方，也許以後都不會去了。」她非常驚訝我竟然記得當時的每個細節。其實我偶爾翻到那本筆記本上那張素描時，還會回憶起那次快樂的旅行。

和製作人分手後，我搭捷運回家，想著那次沒繼續做下去的偉大計畫有點惆悵。然後，我竟然坐過了站渾然不覺。啊，一輩子只想要做偉大的事，卻讓我錯過了許多可以玩的機會。更錯過了很多美麗的風景、快樂的心情和飛揚的青春。

沒有造形就是它的造形

凌晨五點便起床，我匆匆帶著麵包出門，微雨中搭上了一輛計程車。

司機姓鍾，看起來有點年歲，深深的皺紋中盛滿著疲憊。我說去台北車站，他說好的。當車子駛出了寧靜溼漉的巷子時，我忽然問他說：「你是客家人吧。」他頭也沒回的答說：「是的。」他說從三張犁、六張犁到通化街有很多從外地遷來台北的客家人，過去種田現在做生意。車子到了台北車站時，我跨出車門那一瞬間告訴他說，我也是客家人。司機這才回頭深深的望了我一眼，露出了一絲問候的笑意。

高鐵的入口還沒開，外面守候著幾個人，他們用客家話對談。我買了一杯大杯的拿鐵和一份報紙，聽著他們的對話，聽不太懂，只感覺到他們似乎對高鐵不熟悉，對環境有種陌生感，有種異鄉人特有的警覺和慌張。我不也是一樣？搭過無數次的高鐵，只要還沒到達車站前，我的精神狀態都是緊張的，一種莫名的不安。是榮格說的集體潛意識嗎？從不斷遷徙逃難流離失所代代相傳下來的不安和焦慮嗎？

上了車，我鬆了口氣。當車子啟動後，我吃著早餐翻看著報紙，就是這一刻是快樂的。從一個點到另一個點，只有移動的過程最快樂，我甚至捨不得閉上眼睛休息。當車子到達了目的地，還有點悵然若失。就像我到了竹北站，才取出一包信件，裡面有研討會的邀請函，也有回程的高鐵車票，也有替我接洽活動的小美寫給我的要注意事項的細節，可是偏偏找不到要來接我的司機的電話，我又重新進入了那種不知所措的狀態。最後從簡訊中找到了電話，終於找到了來接我的那輛專車。一個多小時後終於到達苗栗銅鑼九華山剛剛才完工啟用的「客家文化中心苗栗園區」。

好特別的一棟建築物。仰頭看不清楚整個建築物的外觀，因為整個建築物像是趴在起伏的丘陵地上的八爪章魚，順著山勢蜿蜒起伏，像是用手腳緊緊擁抱著整座丘陵地。我想起當初建築師提出了一個非常特別的設計概念，就是藉由客家人在遷徙到異地定居後，往往會尊重環境，也不拘泥於外在形式，一切都「因地制宜」的只求生存，創造生機。沒有固定的造形正是它特殊的造形。大自然才是主人，客家人遵守著不要「反客為主」的原則。我的演講題目正是「客家人的生態和藝術觀」：當客家人適應了生存環境後，就會開始結合當地的文化，發展出他們的藝術，帶動某種潮流，像台灣歌謠之父鄧雨賢，像荒野協會的創始人徐仁修，像台灣新電影的侯孝賢和楊德昌。

當天晚上台北還是下著雨，我搭上了一輛計程車，竟然是同一個司機。他笑了起來問我說：「你不是去苗栗。」我說中午就趕回台北了，台北還有事情。他像好朋友般和我聊了起來。他說剛剛去女兒家接老婆，老婆去替女兒看孩子，五個月大。女兒是老師。他還有一個兒子在銀行上班，都不用他操心。他本來要回家休息了，可是家門口沒有停車位，他想再出去繞繞，就遇上了我。

「能多載一個客人也好。」他說：「我要去加油，然後再繞回去看看有沒有停車位。我總是等得到家門口的那個停車位的。」

銀行、醫院、游泳池

在沒有排工作行程的空檔，銀行、醫院、游泳池給我挑，我一定毫不猶豫的拿出背包立刻動身去游泳池。時間多一點，就搭捷運，然後慢慢散步過去，如果有點趕時間，就叫輛計程車，希望能多爭取一點在游泳池裡的時間。只有游泳池會讓我放鬆，會有一種回歸生命原貌的幸福感。銀行的事情慢幾天沒有太多影響，更何況我對銀行已經心懷恐懼容易觸景傷情，它好像是一個會將我的錢財慢慢吞喫光光的大怪獸。醫院的例行檢查也可以晚一兩天，那也不會是一個令人感到愉快的好地方。

我叫了一輛附近車隊的計程車，遇上了一個我認識的司機，他是一個悲傷絕望的苦命人，他曾經對我的工作感到好奇，我說我是傳播業者，所以生活比較自由。在短短的行程中，他開始重覆著自己悲哀的命運，這回他加了些更悲慘的朋友的故事：「在這個悲慘的社會中，有許多求死不得的人，天天洗腎，慢慢截肢，截肢到後來拒絕再截，他求醫生給他安樂死。他真的不想活了。還有很多老人住在樓上連走出來透透氣都不能。像你這樣還能去游泳……」「我知道我是太幸福了。其實，還能行動的人都算是幸福的。」我很愧疚的低下頭。

我喜歡在游泳池裡的感覺，也很喜歡看到生命的各種樣態。總是會有一些新手父母或是阿公阿媽帶著很小的孩子來行人生的第一次下水典禮。也有一些精力充沛的孩子在游泳池裡像條大魚般的游過來划過去，比大人還快。也有那種少了一條腿還能快速前進，甚至還教別人如何游泳的勇者。或是由父母和看護一起陪伴來藉著游泳做復健的有某些障礙的少年，母親扶著他很吃力的泡在池子裡，面帶笑容毫不嫌棄的模樣，讓我好想對她豎起大姆指誇一聲：「了不起！」

我更喜歡遊泳過後，去更衣室沖洗一遍的感覺，那時候會覺得自己的身體經過游泳後變得更結實更有彈性，覺得自己還很強壯而非初老狀態。沖洗完吹個頭穿上輕便的運動衣和短褲，穿著那雙已經有十多年歷史的手工拖鞋走出運動中心時，真像個身懷絕世武功浪跡天涯的雲遊者。這一天天色已暗了，星星也亮了，雲遊者想好好吃頓晚餐，走進隔壁的一家從未進去過的西餐廳，門口貼著一張要召募五種不同性質員工的告示，不過其中兩個已經被劃掉了。我推門進去，老闆娘不在，兩個角落分別各坐著一男一女，男的在認真玩電腦上的遊戲，女的氣質頗佳舉止優雅，靜靜的坐在靠門的角落，桌上沒有食物。五分鐘後老闆娘氣急敗壞的帶著一個女生衝回餐廳，頻頻向我道歉：「外面有兩個年輕人一直在老外前面吐痰，老外生氣開罵，我只好去把地板清洗乾淨。」「真是丟臉啊。」我說。當我正吃著晚餐時，發現老闆娘正在和坐在角落的女孩談事情，話題中提到曾經出國留學。原來又是一個高學歷的應徵者。我離開餐廳時門上的徵人告示上又劃掉一項。

回程途中我去買了幾種水果，包括今年歉收的龍眼，我最愛吃會上火的龍眼和荔枝。我輕鬆的走在復興南路的騎樓下，迎面走來一對推著嬰兒車的年輕夫妻和一個女孩，他們笑吟吟的向我打招呼。原來是曾經和我同時搭遊覽車下到彰化溪州，聲援作家吳晟和他的女兒吳音寧抗議中科四期和農民搶水的朋友。當時他們帶著這個一歲多的可愛小孩一起抗爭，結果一歲多的小孩最搶鏡頭。這對很樸實的年輕夫妻喜歡讓孩子從小就參加這種「有意義」的事情，就像之前反國光石化一樣，他們也都有參加抗爭活動，因為這是他們子子孫孫還要存活的樂土啊。中科四期因為主要的大廠放棄進駐後，最近政府終於宣布園區將轉型為低耗水低排放低污染的精密機械園區，取水方式也改由莿仔埤圳中游約十二公里處取水，八年後不再引用農民使用的水。於是靜坐抗議快滿百日的農民暫時將棚子拆了，他們說，一切都還要繼續監督，因為下游的取水管線其實已經完工了。

這就是我在台北的健康生活。先把自己身體顧好來，才可以多做些自己覺得更有意義的事情。

決鬥西餐廳

黃昏已過，暮色藹藹，西餐廳四周有點雨後荒涼的寒冷氣息。

我剛從游泳池走出來，這是我生命狀態最昂揚的時刻。我推開西餐廳的玻璃門，門上貼著的那張徵人啟事還沒有撕去，說是經濟不景氣失業率攀高，可是這張徵人的招貼已經貼好幾個星期了。西餐廳裡坐著兩桌曲終人散快要離開的客人，櫃檯只剩一個看來酷酷的年輕人正在洗著碗碟，他面無表情的望了我一眼，就像看著一個路過的陌生人那般沒有一絲絲情緒，或一點點歡欣（像那些高聲喊著歡迎光臨的便利商店或是速食店那樣）。空氣裡散發著一種詭異和凝結的味道。

我找了一個最靠外面的角落坐定下來，將放著溼溼的泳褲和浴巾的背包放在一邊，等著對方拿MENU過來。說來也奇怪，那個正在忙著清理櫃檯的酷傢伙動也不動的繼續做他的工作，只偶爾用眼角餘光斜斜的飄向我。更巧的是，餐廳放的音樂竟然是用口哨吹的電影《荒野大鏢客》的主題曲，年輕的克林．伊斯威特叼著快要燃盡的香菸，騎著一匹瘦馬晃到被壞蛋控制的小鎮，黃沙滾滾，當壞人們包圍著他並且掏槍時，不慌不忙的克林．伊斯威特已經彈掉嘴角的菸蒂，並且快一步掏出槍幹掉了所有的壞蛋。

站在櫃檯後面的酷傢伙依舊做著他的工作。他很沉得住氣。我真的有點納悶：你到底想怎樣？生意不想做了嗎？還是故意想趕走客人？還是看我不順眼？還是，等音樂結束時，拔槍，看誰動作快？我很想站起來走人，這附近的餐廳林立，選擇非常多，偏偏我真的有點累了，肚子餓得有點痛了，懶得走遠。我真正好奇的是，為什麼？上次才來過這家餐廳，老闆娘還很熱絡的招呼著我。越是這樣，我越不想走，我想等著音樂結束後，掏槍。這時有一桌客人起身離開了，那個酷傢伙終於移動了他的身體走出櫃檯，他收拾著我旁邊這一桌的餐具。「你們不賣東西了嗎？」我終於開口了，距離我進來餐廳已經十五分鐘。「到櫃檯點餐。」他低著頭說，語帶命令。

結果，我們都沒有掏槍。他現在是約我到櫃檯前一決勝負，他可能想用匕首。於是我跟著他緩步走向了櫃檯，我渾身毛骨和神經都警戒著，我擔心酷傢伙一個反手將匕首掏了出來，刺向我，這是西部片裡常有的動作。餐廳的音樂已經換成了《黃昏雙鏢客》，氣氛更對了，決鬥正要開始。現在我和酷傢伙隔著櫃檯面對面，只有半公尺的距離了。「紅酒牛肉燉飯。」我才說了六個字，酷傢伙已經快動作將發票打好了，其實我還想多點一些什麼沙拉或是飲料之類的，酷傢伙斷了我多餘的欲望。我只好掏錢，酷傢伙欲先一步將發票和零錢給了我。如果我們掏的是匕首，顯然酷傢伙比我快多了。我已中刀倒地。

五分鐘之後，我低頭默默的吃著盤子裡的兩朵灑了點黑芝麻的白飯，和剛剛才用微波熱出來的幾塊牛肉，這便是我等了快二十分鐘的食物。酷傢伙將我「處理掉」後，快速走到餐廳門口，點起一根菸抽了起來。他朝天空噴了一口菸，原來，他才是除暴安良的荒野大鏢客克林．伊斯威特，而，我是送上門來被一刀斃命的大壞蛋。

這是我喜歡的生活

有時候一個人靜靜的看書、聽音樂、爬山、游泳，偶爾一個人在電影院內睡著了也覺得很幸福，偶爾在山上把溼透的內衣脫下來曬曬太陽，赤裸上身回饋蚊蟲吸幾口，扮演大自然生態系統的角色之一也覺得夠狂野。彷彿這個嘈雜複雜的世界只剩下自己，一個人。寂寞但是並不孤單。因為我知道能健康的活著，還能繼續體驗生活還能思考人生，是多麼快樂的事情。

有時候和某個人單獨相處，靜靜的散步，靜靜的對望，在林間在巷弄，偶爾坐下來吃點東西，喝杯咖啡，偶爾講兩句話，有時候什麼也不必多說，因為彼此非常熟悉，不必刻意找話講像只是在應酬或是公關。這個人可以是常常碰面的家人，也可以是好久不見的老朋友或老同學，可以是同性，也可以是異性。靜靜感染對方獨一無二的生命力是我覺得最美好的時刻，當然這個人一定是要自己喜歡，而且分開後會想念的人。我很容易看到別人的優點，很不擅長挑剔別人的缺點，所以我很好相處，缺點是偶爾話多，一切正在改進中。如果話再少一點，或許我可以是個不壞的業餘心理治療師，只要溫柔堅定的看著對方，偶爾「嗯」一聲就好。

有時候和一群很熟悉、有點認識或是完全陌生的人一起開評審會議，可能是電影、電視的競賽，可能是文學創作的比賽，可能是政府對外上億元的重大標案。這些會和你坐在一起參加評審的人，在專業上和生活經驗上和你一定有某些相似的交集，所以在分析、討論甚至辯論時一定會出現三種情緒：英雄所見略同、見解完全相反、協商妥協投票後的接受。當見解相同時有種得到共鳴的喜悅，當意見完全相反時有種更開闊更多元思考的領悟，當協商妥協後又學習了一次民主精神和對不同意見的尊重。評審本身是件殘忍的工作，往往一句話決定別人的生死。但是樂此不疲的不應該是能掌握別人生死的權力欲望，而是勇敢在別人面前表達自己品味的勇氣及接受別人意見的謙卑。

有時候工作回家，怕驚動正在睡覺的孫子、孫女們，悄悄上樓躲進自己的房間把房門掩上，自己也趁機休息一下。但往往在不久之後，大孫子率先破門而入，小外孫和小孫女搖搖晃晃的跟進來。小外孫動作最快口水也最快，立刻跳上床趴在我的胸口聽我的心跳撒嬌，口水沾溼了我的上衣。反應機伶的小孫女不甘示弱，立刻騎在我的肚子上表達正式占領阿公。大孫子抓住著我的腳往外拖：「阿公，起來！起來陪我玩！玩全壘打！玩火山爆發！玩海底探險！玩搭火車的遊戲。」

一個人獨處很好。兩個人共處也很好。一群人分享對文學藝術作品高下之分的理由也很好。有許多孫子、孫女吵鬧更好。這是我的初老生活，也是我喜歡的生活。

「媽媽，可不可以只按讚，但是不留言。」

「我已讀你的已讀。」

我就是從這兩則簡訊，發展出一種自己最嚮往的父母親對待孩子的放下和信任的哲學——

那就是：「已讀不回，按讚不留言。」

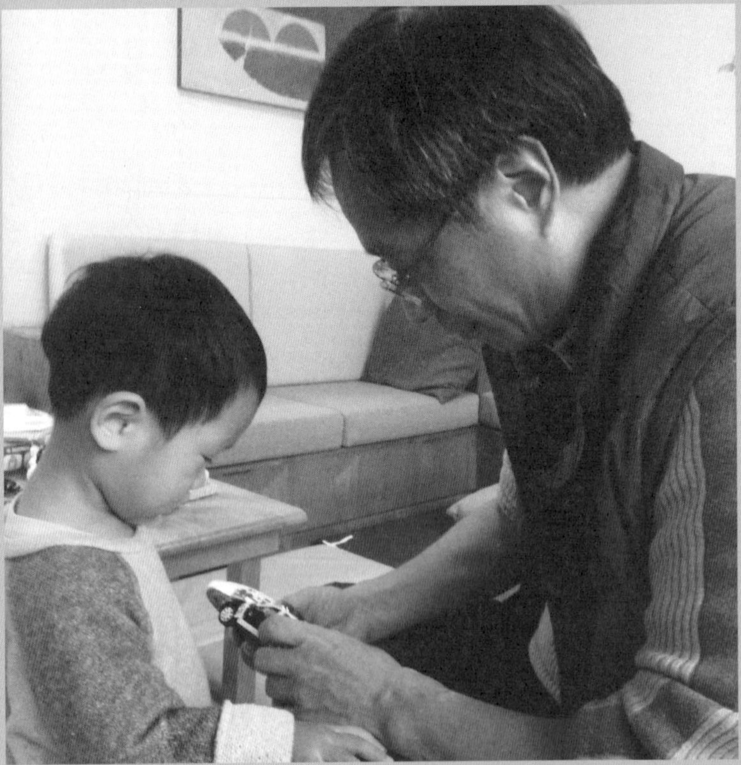

輯三

陪伴他們奔跑、跌倒和哭泣

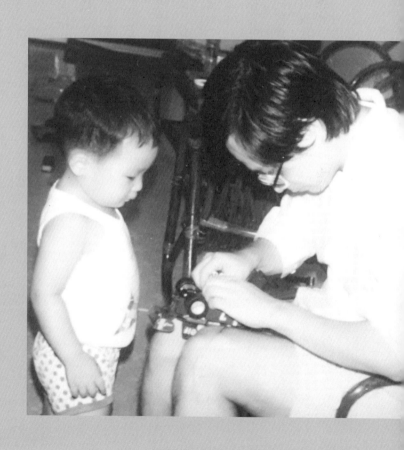

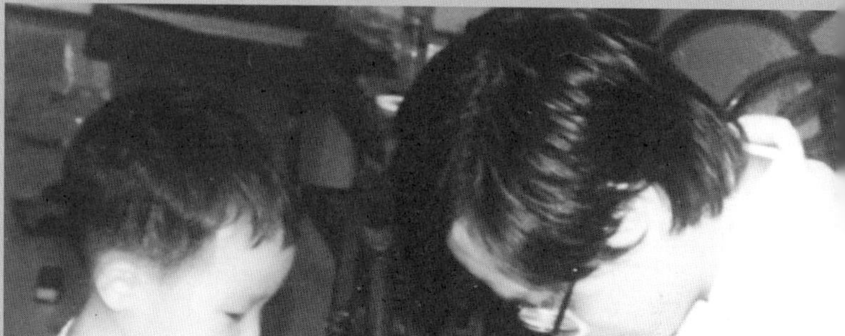

為什麼要生孩子？

1 只要有方向，不要有目標

當我們在討論如何教養孩子之前，一定得先好好的、很誠實的、很虔誠的先面對另一個關鍵的問題：「為什麼要生孩子？」不管生孩子或養孩子都是非常辛苦，甚至是血本無回的巨大投資，所以，為什麼要生孩子？

我相信沒有太多人能夠明確回答這個問題。最可能的答案是：「生而為人，離不開社會。社會上大多數人都這樣做，所以我也就照著做了。」這就對了，因為大多數人都這樣做。這是多麼令人無奈和失望的答案。因為，我已經可以想像，當這孩子出生之後，你也只能採取和大家都相同的方式教養自己的孩子，不太會有自己「獨特」的教養方式。

不過你也別怨怪自己沒有什麼「獨特」的教養方式，因為你自己不也是「被動」的被生出來的？「被動」的被教養長大？要怨怪也要怨怪自己的父母，因為他們一直沒有向你說清楚一件事情，當初他們為什麼要把你生下來？所以我一向主張，先想清楚自己的出生、過去、現在和未來，然後再決定要不要生孩子？然後，你自然就比較可能擁有自己「獨特」的教養方式了。至少你有了「大約的方向」。只是方向而已，千萬不要有既定「目標」，那也許會毀掉孩子的一生。

2 把你的期待排列順序

大約的方向。沒有錯，就是這樣的五個字。你是期待一個快樂的孩子？一個勇敢的孩子？一個孝順的孩子？一個聰明的孩子？一個有擔當負責任的孩子？一個未來有成就很成功的孩子？一個將來可以陪伴你的孩子？一個有道德勇氣追求社會公平正義的孩子？一個有信心、自在從容的孩子？一個很懂生活品味的孩子？一口氣說了十種大約的方向，其實再說下去，可以有二十個、三十個、四十個。真的，為人父母如果對孩子沒有期待那是天大的謊言。你連買一檔股票或基金，或是用台幣兌換了一筆美元或歐元都會常常注意它們的漲漲跌跌了，何況是「投資」一個孩子？

你要不要試著把我隨意列出來的十種期待列出一個順序來，一定要很誠實、認真的，不要連自己都欺騙了的列出來，像要去菜市場買菜一樣的把要購買的菜照著必要性排列。如果你說你其實並沒有太多期待，只希望他們平安長大成人，我不相信。我不相信你花費那麼大的力氣和決心，只是希望這個被你「製造」出來的人類「平安長大」。地球上的人類已經多到快要失控了，並不差你們的這一個人類。至少你可以大方承認，你很自私的希望自己的遺傳密碼得到傳承和延續，你在另一個人身上看到了一半或更多的自己。

承認這一切都是為了自己或是為了家族，而不是為了孩子。你不會為了實驗看看自己的教養方式好不好而生孩子，所以你不能輕言你為孩子做了多大的犧牲，一切都因為愛，一切都是為了他們。如果你有這樣的委屈，那就會深陷痛苦深淵。你得先掙脫出來，我們再往下談。畢竟孩子是被你們生出來的，你們並沒有得到他們的同意。

3 不切實際的期待

是的，你可以列出十個、二十個，甚至一百個期待，因為你為人父母，一切都是理所當然。但是我想提醒你，為人父母並不表示你有權力強迫孩子照著你的期待長大，但是你卻有責任陪伴他們長大，進入社會之後成為對社會有所貢獻的一分子，至少，不要是一個人渣、寄生蟲，或者廢柴。

我這樣的思考是從未來的社會將是一個利他、重視公共事務的公民社會，一個自私自利、自掃門前雪的人將被眾人唾棄。未來的社會也將看穿舊時代中盲目崇拜那些用非法、不當手段獲得名利的成功者，未來社會將重新定義所謂的成功者和價值，應該是個人對整體社會的貢獻，而不是個人名利的累積，而這樣的價值重新定義的趨勢已經在我們的社會啟動了。

所以如果要我試著將上面所列舉的十個期待排列順序，我的期待順序是具有道德勇氣追求社會公平正義、有擔當負責任、有信心自在從容、快樂、勇敢、懂得生活品味。另外兩個期待比較不切實際，那就是聰明和孝順。因為聰明有很多種解釋，通常我們都習慣用進入學校之後的學業成績來判斷，太多的事實證明那只是人類智慧中的某些能力，父母親如果是期待這一項，並且透過各種方式達到目標，是不切實際並且給自己帶來痛苦的開始。關於孝順，其實是最不必期待的，因為傳統文化中的孝順帶著強烈教化和教條意味，生而為人，和父母親之間的情感是天地間最自然的，也隨著父母和孩子之間的互動有所不同。

4 期待是在潛移默化中進行

最近有位朋友在替我整理一些舊資料時，發現我的爸爸在一本他替我親手製作的作文簿上寫的一篇前言，標題是「我的期望，哀求」。那本作文簿是我小學畢業剛剛考完台北市立初中聯考之後，正要迎接快樂暑假的美好時光前夕爸爸送給我的「禮物」。文章大意是指責我這次大考沒有考好，使他在辦公室裡很羨慕別人的孩子考高分。他「哀求」我要深切反省、痛改前非。他指定了我暑假每天和每週要做的功課。幾天之後聯考放榜，我上了第一志願的萬華初中。爸爸過早的悲哀、憂心和對孩子考壞的恐懼一直如影隨形的跟著我，使我成為一個極度自卑、極度討厭自己的青少年。

當時我的朋友正在為我一本關於親子之間互動的書做封面和美術設計，他一眼就挑中了我爸爸在那本作文簿上用鋼筆寫下的那六個字：「我的期望，哀求」。他把這六個字加上「爸爸」這兩個字放在書的封面，彷彿道盡了華人社會中父母對子女的殷殷期待，熱烈又憂鬱，給予孩子們不可承受和消化的包袱，壓得孩子們快要窒息。事隔半個世紀，我望著爸爸那樣娟秀、挺拔的字，有一種難以述說的情緒。這樣一個憤怒悲傷和缺乏安全感的男人，用他「自以為是」的方式「用力」的教養著他的孩子們，他自己常常充滿犧牲感和委屈感，也使得孩子們在充滿內咎和自責的心情下長大，對於孩子在人格上造成扭曲。

其實父母親對孩子的期待是不必言說和書寫的。隨時隨地的讚美和責罵，或是父母親之間不經意的聊天，其實是不斷放送著、強化著父母親對孩子的期待。對於孩子有所期待似乎是天經地義的事，要檢視自己對孩子的期待切不切實際，最好也最簡單的方式就是父母親本身先完成對孩子的那個期待，孩子自然就被父母親影響，甚至鼓舞了。

戰後世代已經為人父母，甚至為人阿公、阿媽們，如何調整自己教育兒孫的心態，是初老階段最重要的功課之一。而我自己仍然在學習中。

已讀不回，按讚不留言

我所嚮往的親子關係：「已讀不回，按讚不留言。」

先來問做父母的心情。你有臉書嗎？你有和孩子交換臉書嗎？你會按讚嗎？你會留言嗎？你會和孩子用簡訊通話嗎？你曾經「已讀不回」嗎？

我嚮往做一個「已讀不回，按讚不留言」的爸爸，但是我承認，我沒有做得很好，我對孩子的臉書按了讚，有時忍不住還留言。我不但已讀必回，有時還會去簡訊問安。我是個非常黏孩子的爸爸，我「複製」了我那個超級囉嗦又愛訓誡、滿口人生大道理、隨時翻我書包批改我日記的爸爸。複製是一種生命的無奈，DNA的存在就是為了複製生命。我原本是想反抗這一切的，反抗企圖監控我一切的爸爸，我不但沒有成功，反而變本加厲的複製了這一切。我把對爸爸的批判轉為對孩子的開明，我給予他們最大的自由和選擇。為了急切的傳播這樣的觀念，我曾經寫了很多幽默的親子教養書，打動了許多的年輕讀者。因為書籍暢銷到成了一種潮流之後，所有的讀者都可以任意窺探到我孩子的成長和生活。他們已經被讀者

「監視」了。

從這個角度看來，我是換了一種更「高明」的方式在影響我的孩子，我所謂的「複製」便是這個意思。台灣大哥大基金會曾舉辦了「簡訊文學」比賽，讓大家用更精準的文字來反映自己的心情。其中有不少反映現代親子關係的精采作品：「女兒，別倒貼，又不是春聯。」「媽，你是想唸我，還是想念我？」「媽媽，自己的國家自己救。」「孩子，自己的晚餐自己做。」「卡可以亂打，但不能亂刷。」「媽，我搬家了，不是租的。」「我第一次看到老爸對我豎起大姆指是在臉書上。」「老媽第一次說我讚是靠臉書。」這些幽默的臉書反映了現代親子在生命價值和生活態度上有明顯的世代差異。

讓我印象最深的是這兩則簡訊：「媽媽，可不可以只按讚，但是不留言。」和「我已讀你的已讀。」我就是從這兩則簡訊，發展出一種自己最嚮往的父母親對待孩子的放下和信任的哲學，那就是「已讀不回，按讚不留言。」

學會對孩子說阿彌陀佛和阿門

臉書上「已讀不回，按讚不留言」的境界，是想避免太過打擾孩子，這樣的想法是否能有更好的解釋呢？於是我便將這句話請教正帶著快滿九個月大卻遲遲不肯斷奶的小兒子的可憐女兒。她說因為連續生了兩個小孩使她思考、記憶陷入混沌。我並沒有什麼把握從這個曾經是我人生導師的女兒口中得到什麼答案。

女兒瞇著眼，一邊餵剛剛磨出來的新鮮紅蘿蔔泥給壯碩如迅猛龍的小兒子吃，一邊回答我的問題：「這兩句話代表沒有誠意。年輕人之間的抱怨便是朋友在敷衍自己才會已讀不回，只會按讚不留言。」顯然這答案和我思考的正相反。但我沒有退縮，繼續追問下去：「可是從父母的角度來想呢？」「如果從父母親的角度來看，已讀不回是佛家的阿彌陀佛，按讚不留言在基督教的語言便是阿門。」

哇。這可是讓我雲開霧散，混沌中見光明。女兒不愧是我永恆的生命導師。她開始解釋自己的比喻。有個想學佛的小徒弟想要向大師父學習修行。他每天都來詢問師父是不是該做這做那了？每次得到的答案都是「阿彌陀佛。」所以他每天只好按照自己的計畫進入修行。

女兒解釋說，師父在說阿彌陀佛時就好像針對小徒弟每次提出的計畫說「已讀不回」。因為師父看出小徒弟對自己的所做所為早有定見，只是要尋求師父認同，而不是索討答案，所以只能說阿彌陀佛。孩子寫給父母的簡訊往往只是報備一聲，像不回家吃飯之類。

女兒又餵小兒子一口新鮮紅蘿蔔泥，繼續對爸爸開示：「基督徒單獨或一起禱告完之後，用充滿信心和喜悅的口吻說阿門，代表對剛剛的祈禱內容完全相信並且完全託付。阿門之後就不再多說什麼了，因為已經對剛剛那一段禱告讚美、認同、信任。所以就是按讚不留言。」

女兒採用宗教最常用的語言來解釋現在年輕人在網路世界的通用語，使我能對自己所嚮往的境界得到了更精確的解釋。原來，我所追求對待兒女的最高境界其實是完全信任、完全放下、完全尊重、慈悲為懷。我知道，這樣的境界很難達到，所以只能心嚮往之。

臉書上誰才是你真正的朋友

每次上臉書時，總是有首歌在耳畔繞著，彷彿在提醒著我一些事情：「某年某月的某一天，就像一張破碎的臉。」臉書。臉書，到底是誰的臉，又是誰的書。刪朋友，加朋友，到底誰才是你真正的朋友。

當我收到臉書帳號即將要被停用時，正好給了我靜靜回想的機會。沒有臉書之後，生活會有什麼改變？重新開一個叫做粉絲頁的東西像其他作家一樣好好來「經營」好不好？或許，趁這個機會乾脆就不再使用臉書了。就在這樣猶豫的時候，我已經又發出了好多則文章，其中一則是關於新書發表會的：「偶然的，卻成了歷史鏡頭……我的剛剛滿兩歲的孫子終於第一次在公開場合亮相。不是替他媽媽的服飾公司做童裝秀，也不是為他的導演爸爸拍商品廣告，而是無預警的忽然出現在阿公的新書發表會上……他在書店隨手抓了一本原文的汽車童書，見到阿公在台上。他衝上前要阿公撕開！阿公！阿公！撕開！我要看！他以為這世界都屬於他的。台下的朋友們開心的爭相拍照，台下沒有記者，來的都是非常熟的好朋友和舊雨新知的讀者，包括遠從馬來西亞來的朋友和五六運動認識的新朋友。所以當孫子出現，像是出現在一個大家庭中……」

我貼上了四張來自不同親友拍到的「歷史鏡頭」。我這樣寫，是因為我並沒有想過會和孫子和孫女同時公開亮相的畫面，之前曾經婉拒過幾家媒體的要求。在臉書上貼孫子照片和公開亮相不一樣，兒子全家人的出現並不在預期下更不是什麼神祕嘉賓的宣傳。當我貼上了這樣的歷史鏡頭和文章後，立刻問自己，內心真實的心情和臉書上寫的有沒有距離？那些文字能完全真實、誠實的反應內心世界嗎？心理學家教會我們一件事，千萬別「輕易」相信那些公開說出來的或寫出來的東西。真正沒有說出來、寫出來，或者是不小心說出口或不小心流洩在文章中的某一句話，或許才是那個人內心深藏的心結或隱私。

那麼，我們沒有說出來的，或是不小心說出來的，又是什麼呢？每個人在發臉書上的文字和照片的心情和動機又是什麼呢？我們用什麼標準刪朋友和加朋友，我們用什麼態度在使用臉書，一切都反應了我們經過包裝過的自我。我當初在開啟自己的臉書的那一瞬間，使用了本名，其實就是一種回歸，回歸更自然、更真實的自己，雖然這是很艱難的過程，可是我願意一試。我不想用大多數人知道的筆名小野去經營粉絲網頁，或許我越來越對「真實」有強烈的渴望。

我曾經也認真思考過，面對自己的孩子，我們是不是越真實越好？我們呈現一個並不完美的自己、常常會犯大小錯誤的自己、無法完全控制情緒的自己、偶爾也會忍不住打罵小孩的自己、會有挫折和無奈的自己，是不是更自然更簡單一點？當我們越能面對真實的自己，我們面對孩子時就不必武裝自己、偽裝自己、包裝自己，面對永遠比自己純真、敏銳的孩子，所有虛假都會被他們看穿、拆穿，像在看國王新衣內赤裸裸的大人。

做孩子真正的好朋友，因為好朋友是不必假裝的，好朋友是可以彼此了解、相互扶持、協助療傷，然後一起成長的。父母親和孩子是可以不斷重新誕生的，只要父母親是更誠實的面對真實的自己。

初老階段，回歸真實的自己是多麼難，又多麼重要的功課啊。

你的舊知識，我的新體驗

孩子還很小的時候，每當我們一起出發去旅行前，為了展現「為父」的教養責任和淵博知識，我總是要求孩子們接受我上一堂行前教育。孩子們剛開始還敷衍著聽一聽，後來乾脆提出了質疑，尤其是那一趟東歐行之後。

那一次東歐行兩個孩子都已經進入青春期，我們要去的國家有匈牙利、捷克、奧地利，外加法國。之前的旅行我們已經不太跟旅行團了，但是這一次擔心路程不熟、語言不通，決定跟旅行團。旅行團有它的方便，但也有它的不方便，尤其是早期的旅行團強調行程緊湊、去的國家多，符合台灣人的文化：俗擱大碗。我花了不少時間在那一套世界各國百科全書中尋找要去的地點，連地圖和街名都畫了下來。我真正的心態是想，既然花了不少錢，就要想辦法獲得更多的知識，不然走馬看花、霧裡看花，這筆錢不是浪費了？

其實，我這不也是「俗擱大碗」的心態作祟？我忽略了兩個重點：孩子本身的體驗和探索，還有他們正值青春期，身心狀態和父母親都不一樣。當旅行團來到了捷克時，當地的導遊介紹著一個著名的廣場四周的道路，我立刻取出自己的筆記本，對照著街名發現怎麼都不一樣，於是舉手發問：「這條不是叫共和國路嗎？」導遊很吃驚的看著我說：「啊，先生，你真的很了解捷克呀，那是共產黨統治時的舊街名。」女兒笑了起來吐我的嘈：「那是因為他讀的是很舊的百科全書呀。」捷克知名的作家和音樂家很多，導遊會偶爾提到一下，我也從旁補充，卡夫卡、赫拉巴爾、米蘭昆德拉、德弗札克。兒子提醒我說：「你總是被你知道的有限知識限制了你的旅遊樂趣。這樣，你可能忽略了其他更美好的東西。」

當旅行團來到了法國的凡爾賽宮時，大部分的團員都已經筋疲力竭了，但是已經飄洋過海來到如此偉大的文化、歷史建築前，怎麼能放過進去一睹那些寶物呢？結果兒子、女兒拒絕走馬看花的參觀行程，說他們寧願在宮殿外面的花園散散步，為此我們還吵了一架。孩子們長大以後，一個飛去紐約讀書，一個卻選擇了米蘭，他們對於去一個遙遠陌生的城市不但沒有畏懼，反而充滿了興奮和期待。之後他們對這世界許多城市的了解，遠遠超過了我。

從孩子一出生後，我們就躍躍欲試的想教他們一些大大小小的知識。但是當我們逐漸解開了人類大腦認知途徑的答案後，赫然發現所有過早的知識傳授，都可能阻礙孩子們用自己的真實體驗，逐步開啟認識世界。所以，將來帶孫子出去旅行時，我一定會閉上嘴巴。

是紅冠水鷄，不是鴛鴦

和兩歲多的孫子或剛剛才滿一歲的孫女單獨相處的時候，是我生命中最最美好的時光之一。我強調的是單獨相處，有點類似自己獨處。因為他們是如此的單純天真，臉上常常掛著千金難買的笑容，就是張嘴大哭時，也是哭得那麼直接、簡單，讓人不會猜不透。有他們陪伴，你可以和獨處一樣很自在。

中正紀念堂是兩歲多的孫子的遊樂園，就像我童年時候的植物園一樣。最大的不同是中正紀念堂隨時隨地都有來自各地的觀光客，以中國大陸、日本、韓國為主，歐美國家為輔，穿梭在這些來自不同國家的觀光客之間，非常喜歡和人接觸的孫子簡直如魚得水，像是觀光局派來的小小志工，立刻成為觀光客的風景之一，而觀光客們也成了孫子探索世界時的新發現。和不同人種接觸成為他剛剛起步的人生之旅的學習。如果發現觀光客說的是英語，他就對著他們唱英語的兒歌，表示自己也懂英語。

現在的中正紀念堂已經有非常多的鳥類，我們只要遇上了，我就會告訴他那些鳥的名字，我挑一些身體有明顯特徵的鳥來說：「你看，池塘裡面，頭是紅色的就是紅冠水鷄，草叢裡面，頭是黑色的就是黑冠麻鷺。樹枝上面，頭是白色的就是白頭翁。」不久之後，那些鳥就活在他的認知世界了。說也奇怪，來自中國大陸的觀光客常常指著池塘裡的紅冠水鷄說是鴛鴦，並且順口說著：「鴛鴦戲水。」或是：「你看兩隻鴛鴦，成雙成對，只羨鴛鴦不羨仙。」「是紅冠水鷄啦，不是鴛鴦。」孫子立刻糾正他們。他們看看才兩歲多的孫子都笑了起來，又說了一遍：「是鴛鴦！」大人的成見和固執有時候挺驚人的。

我們常常在那條有著高大的杉樹的步道上奔跑，因為杉樹林有許多松鼠，於是我們就把這條步道稱為松鼠步道，把我們的奔跑稱為松鼠馬拉松。有一天我一個人推著一歲的孫女來到松鼠步道，找到一張長長的椅子坐下來。我拿出水罐和米餅給她吃，她露齒而笑，非常迷人。風吹過杉樹林，我唱起那首專為孫子孫女寫的歌〈春天到巴黎〉，她立刻手舞足蹈起來。

我望著站不穩卻已經躍躍欲試起舞的孫女，從來沒有過的一種強烈欲望從心底湧了出來：我要活久一點，我好想陪伴他們慢慢長大。

奔跑和跌倒

他急切的向前不停奔跑。不是因為有人在後面追趕，而是他知道前方有好玩的東西在等待才兩歲的他。也許是樹林中的松鼠，是天空的飛鳥，是池塘裡的魚，也許只是廣場的風。更多時候，我猜，他只是為跑而跑。因為他喜歡邀我和他一起跑，邊跑邊笑，他的笑聲就像廣場的風那麼單純。因為風什麼都沒有做，只是隨意的流動。這樣真的很好。小時候我們奔跑，往往是因為後面有人在鞭策、威脅或追趕，我們不敢停止奔跑，但是我們內心充滿恐懼和焦慮。如果跌倒了，我們會哭得很委屈，哭得很無助。

他跌跌撞撞的向前衝，總是有跌倒的時候。當他第一次跌倒時，回頭看了我一眼。我的心揪了一下，但是我什麼也沒有做，讓自己也像廣場的風，淡淡的輕輕的。他果然站了起來，這時我才鼓掌說好棒好棒好棒。他受到了我的鼓勵繼續向前狂奔，不久又跌倒了，跌得比前一次更重。我的心又揪了一下，但是仍然不動聲色如風。這次他沒有回頭看我，仍然吃力的站起來，好像有點痛。我快步走上前去抱抱他，鼓掌說你太勇敢了，是靠自己站起來。他再度受到了鼓勵，轉身又開始向前跑，越跑越遠，人越來越小，快要消失在風中，我這才起步去追趕他。這是我的運動時間。我在陪孫子，孫子也陪我，在這樣一個尋常卻幸福的早上，我們像風一樣的吹來吹去。

我一直記得一個在加勒比海郵輪上的畫面。有一對來自歐洲的年輕夫妻和一個老婦人坐在甲板的椅子上愉快聊著天，男人裸露上身穿著花短褲，把腳橫跨在桌面上喝著啤酒，女人和老婦人吃著點心不時傳來笑聲。他們的Baby正在他們腳底下爬著，隨便撿拾著甲板上的小碎片往嘴巴裡塞。沒有人理會他，他隨意的爬行，不久便吐了些奶。他爬在自己吐出來的奶上面。

和我同行的二姊忍不住嘆口氣說：「你看西方人和東方人對待孩子的態度和心情多麼不一樣。西方人不會一直盯住孩子看，他們自己追求自己的快樂。而我們東方人做父母親之後，眼睛不敢離開自己的孩子，從小到大，神經繃得很緊。如果換成是我們，看到Baby亂吃東西又吐奶，早就尖叫了。」

不久老婦人先發現Baby好像吐奶了，於是告訴了女人，女人笑著抱起弄髒衣服的Baby，Baby也笑了起來。我看著這對愉快的母子，領悟了一個道理，那就是讓Baby感受到大人的自在和愉悅是很重要的。在初老階段才有這樣的領悟，使我更知道如何陪伴孫子奔跑和跌倒。

對不起，我不是故意的

「對不起，我不是故意的。」你這輩子對別人說過這樣的道歉語嗎？是在什麼情況下說的？你可以先想一想再往下閱讀。或者是，曾經有人非常認真、嚴肅的對你這樣說過，然後淚流滿面？是情人？是配偶？是對你做出身心傷害的陌生人？而你接受這樣的道歉而真的寬恕對方了嗎？

會這樣問，是因為最近有一個人，連續兩天對我說了這樣的話，我的反應是嚇了一大跳，立刻哈哈大笑，並且立刻用手指數了一下這句話的字數，九個字。事實上，這個人是這樣說的：「阿公，對不起，我不是故意的。」沒錯，他正是我那非常頑皮的兩歲孫子，他的語言能力就在跨過兩歲的界線後忽然增強了，從一個字：「阿公，救！」到兩個字：「阿公，你看！」到四個字：「阿公，你在哪裡？」到五個字：「阿公，你在幹什麼？」到六個字：「阿公，這是什麼聲音？」然後，就從一連串的問句進入了能用語言表達比較複雜的情緒了。

其實回頭看整個事情發生的過程，真正應該道歉的不是孫子，而是阿公，一個很少說

「對不起」的頑固大人。那只是一個再尋常不過的狀態了。八個月大卻已經急著要站起來和哥哥搶玩具的阿妹，在睡飽吃飽之後，精神抖擻的爬向正在玩火車走鐵路的哥哥，阿妹一如往常義無反顧的撐起站不穩的身體一把就朝火車抓過去，哥哥也非常正常的衝向前要推阿妹。我情急之下用手擋住哥哥的手，並且喊出一句完全錯誤的指令：「你不要推妹妹！」我知道當我說「不要」時，兩歲的幼兒會自動刪除「不」字，所以我下達的指令是：「你要推妹妹！」於是他迅速執行了大人的指令，伸手打了妹妹額頭一掌。妹妹並沒有哭，發出吼聲，繼續埋頭抓火車，不愧是冷面女煞星。當頑皮的兩歲幼兒，依據頑固的大人執行了「指令」後，大人再度犯下第二個錯誤，便是為了嚇阻哥哥打妹妹，本能的反射動作的推開哥哥。

於是哥哥哭著去找阿媽，他口中不斷重覆說著：「阿媽，我打阿妹的頭。」他並沒有要告阿公的狀，反而為自己的行為覺得羞愧。真正應該覺得羞愧的是阿公，一個明明知道兩歲幼兒的認知能力的大人，卻仍然用自己「習以為常」的言語和行為，草率的處理掉一個其實很簡單的狀況。他明明知道自己面對的是一個只有兩歲，一個只有八個月大的幼兒，他們各自擁有的認知都是有限的，他們需要的是能夠協助他們成長的大人們極足夠的耐心和帶領的智慧。結果，是兩歲的孫子向阿公說了那句九個字的道歉語。

那天大路姨婆帶了自己親自做的可食黏土和積木來找孫子玩，有保母執照的大路姨婆非常有耐心的陪伴孫子玩黏土和積木，孫子也非常喜歡大路姨婆。當兩人越玩越興奮時，孫子忽然用積木敲了大路姨婆的手背。「你不可以打姨婆！」有經驗的姨婆並沒有這樣斥責正在興奮中的孫子，她只是溫柔的告訴孫子說：「你這樣打姨婆，姨婆很痛。下次就不能再來找你玩了。」這時孫子立刻用小手扶著姨婆的手，在手背上親吻了一下，並且誠摯的望著姨婆說：「姨婆對不起，我不是故意的。」大路姨婆被孫子這一連串的動作和語言逗得大笑，緊緊抱住孫子說：「你好可愛，下次姨婆一定要抽出時間來找你玩！」

幼兒同時具有天使和魔鬼的本性，他們從一誕生那一刻起，便以原始的求生本能讓自己得以生存下去。他們有超強的學習能力，讓自己熬過比其他動物更漫長的童年期，他們也有極複雜的情緒，知道在不同大人之間求取平衡。這段時間他們不斷在鼓勵中獲得應有的能力，也不停在挫敗中失去寶貴的能力。能夠「勇敢承認自己的錯誤，並且誠摯的道歉」便是寶貴的能力之一，可惜大部分的大人都在成長的過程中漸漸失去了這種能力。

我們是不是已經很久很久沒有說過那句話了？對不起，我不是故意的。

當腳踏車的輪子壓過了黏土

兩歲的孫子最近迷上了一種開餐廳的遊戲。他會揹起一個斜揹的黑色包包，跨上了剛剛才學會騎的三輪腳踏車出發去市場採購。

做為顧客的大人們可以預先提醒他要買什麼，例如買青菜、魚或牛肉之類的。之後當他返回了平日活動的客廳後，就會在桌上揉搓起用麵粉做的黏土來，有時也用桌上擺著的塑膠容器把黏土壓出各種形狀。這時大人便可以向他訂購各種食物，包括牛肉麵、蛋餅、冰淇淋蛋糕等。他還會接受大人用刷卡付帳。有時候他還會表示店門要關了，不賣東西給我們了。他所有的行為和話語，都是精確的模仿平日觀察到的大人行為。當我們正沾沾自喜於這個孫子頗有生意腦袋時，他忽然出軌了。

他忽然把一大團黏土丟到剛洗過的地磚上，然後騎上三輪腳踏車，飛快的用輪子輾過去。正好他那個正值口慾期的九個月大妹妹在地上爬，尋找著任何可以撿到放進口裡的美食，黏土有鹹味，正合她的胃口。任何沉不氣的父母親可能已經尖叫了起來：「黏土不要丟到地上，也不要亂壓過去，阿妹會撿來吃，小心不要撞到了阿妹！」這樣一連串的「不要」

指令已經把兩歲的孫子弄得情緒大亂，他把「不要」誤解成「要」！於是他立刻衝向了阿妹。結果可想而知，阿妹哭，大人處罰了二歲的哥哥，哥哥也哭。哥哥立刻再衝撞阿妹，一陣鷄飛狗跳。

正確的處理方式是完全相反。我露出非常驚豔的表情，大大的讚美他的創意：「我的天呀，太棒了！你竟然能想到用腳踏車的輪子來取代你的雙手，把黏土壓平，又有花紋。老闆，你現在是要做車輪餅嗎？」就在他得意的低下頭欣賞自己的傑作時，我趕快把阿妹抱離現場，避免下一個可能的衝突。

兩歲的孫子興奮的跳下車，用他那穿了襪子的小腳掌去「踐踏」被壓扁的黏土，正好襪子底部的英文字印在黏土上。「天哪，你看，你的車輪餅上印了你的品牌名字！再印一個如何？」於是他又再踩了一腳。這是他生平第一次認識英文字，被烙印在黏土上。

模仿大人不稀奇。重新組合不相干的玩具便啟動了想像力和創造力，也許是誤打誤撞，但是值得鼓勵，而不是禁止。

玩具總體檢

兩個保母加上阿公阿媽一起帶三個孫子孫女的「雷諾瓦假期」*的最後一天，我拖著疲憊的身軀，坐在客廳的軟墊上整理所有的玩具。

這些玩具是在兩年前有了孫子之後，在沒有計畫下慢慢增加的。有的是心血來潮時隨意買的，有的是朋友們贈送的，也有阿媽帶著孫子在戶外玩耍時撿回家的石頭。這些玩具並沒有按照書上指示的「幼兒大腦發育」各階段所需要的刺激和訓練而採購。事實上對於幼兒大腦刺激最有效的方法，極可能是陪伴他們的父母、阿公阿媽、保母和他們的互動，還有不用花錢就可以取得的大自然，或是生活周遭隨時可取得的破紙箱、塑膠袋。過於設計的玩具反而限制了幼兒們自我探索的可能，尤其是自動化又有聲音的高級玩具。

所以當各式各樣的玩具越來越多也漸漸混亂之後，我們就安慰自己說，這樣的「混亂」也許正是讓幼兒們從中自我摸索的最佳狀態，於是就讓它們亂下去吧。直到這個假期兩歲的大孫子用木頭積木攻擊十一個月大的小外孫，造成外孫眼角破裂，提醒了我該是對所有玩具總體檢的時候了。我把用來攻擊時可能造成危險的鐵製車子、有刺的徽章和容易放進嘴巴裡的小型賽車全部收起來。在收拾的過程中也找到許多離散的玩具殘骸、玩具車掉落的小輪子。我小心翼翼的將這些東西重新歸位或是用袋子裝好。我等待另一個剛剛從花蓮度假返回台北的大外孫的到來。

據女兒判斷，這個才兩歲的大外孫已經有五歲孩子的語言能力，對於玩具的零件組合也非常有耐心。我知道找到了一個好幫手，可以繼續陪我完成玩具總體檢和歸位的工作。我把那包掉落的小輪子交給他說：「給你開修車廠，把那些少了輪子的車子修好。」他果然非常專注的坐下來開始修補那些少了車輪的車子。我望著他認真的模樣，想起一個在各方面都有頂尖表現的朋友告訴我關於「學習」的領悟。

他說他每次進入一個新的學習領域時往往是吊車尾，之後就一直進步，直到第一名。回想原因不是因為自己比別人聰明，而是他從小到大都有一套自己學習知識的方式，慢慢把那些知識成為自己的，而且是很有步驟的，不是混亂的。或許這樣的領悟有助於我們思考幼兒和玩具的關係，協助他們靠自己的摸索和思考，建立適合他們自己的學習系統模式。千萬不要自以為是的用自己的方式強迫幼兒提早學習。

*雷諾瓦晚年家中眾多管家和僕人，我自己稱我們這樣的狀態是「雷諾瓦假期」。

對待孫兒和兒女有哪些不同

自從有了四個孫兒之後，最常被詢問的問題是：「你對待孫兒和對待兒女有哪些不同？」

我不假思索的回答說：「如果人的一生只有一天的話，我是在早上遇到了兒女，在黃昏時遇到了孫兒。早上，我對於未來充滿了不確定的焦慮或是不切實際的期待，因此我的兒女也會活在我這樣的焦慮和期待中，我會忍不住拖拉著他們一起向前奔跑！他們或多或少會陪著我受苦。但是當我的人生來到了黃昏，我的心情便會是夕陽無限好，只是近黃昏。所有對人生的焦慮和期待暫時告一段落，我只會陪伴孫兒們在夕陽下散步，告訴他們這世界的美好和阿公一路奔跑所錯過的人、事、物。當我在人生的旅程中和孫兒們陸續相遇時，我知道這是上天賜給我生命中最厚重的禮物，並且再度提醒我，人生的盡頭已經在不遠處，所以再想想，人生還有什麼是不要再錯過的。」

在早上奔跑和在黃昏散步是完全不一樣的心情。對我而言，我奔跑是因為想要出人頭地，想要達到世俗定義的成功，是名利的追求。我恐懼被別人超越，害怕沒有吸引到眾人的目光。我怕別人錯過了我。這樣的恐懼直接出現在我第七十三本作品的書名上，它就叫做《你不要錯過我》，那是十五年前的事了。回憶當時的心情便是已經享受了近十年的書籍被廣大讀者接受的幸運和幸福，深深害怕失去了這樣的幸運和幸福，竟然反應在書名上。

十五年又是一晃而過。人生由早上進入到黃昏，步伐由奔跑改變為散步，心情由怕被別人錯過變成不想錯過美好的事物。什麼又是美好的事情呢？陪伴孫兒本身便是人生最美好的事物之一了，如果能陪伴孫兒看一本天馬行空的繪本，聆聽一首美妙的歌曲，在草地上追逐松鼠。甚至只是發呆，看雲、吹風，淋點小雨，感受人存在大自然中的奧妙，就足夠了。

告訴我，如果你的人生已經進入黃昏，盡頭已經在不遠的地方，你和孫兒們陸續相逢，這時候你最不想錯過的是什麼？

在浩瀚的宇宙中，我們都沒有迷路

兒童節的清晨，我在洗手間忽然閃過一個靈感，一個改變客餐廳空間動線的想像：搬開使空間顯得有些凌亂的茶几和小書櫃，換成一排不同顏色和不同隔板的矮櫃，清楚切割成兩個不同的遊戲空間。過去在電影公司上班時，許多創意也都來自在洗手間梳洗時，當水龍頭的水流淌出來時，常常激發我的靈感。

兒童節的下午我們便去南昌街找到了一家可以訂做塑鋼矮櫃的店，訂做了四個不同顏色的矮櫃：天空淺藍、蘋果淺綠、羊駝米黃和泡泡糖粉紅，各自象徵了四個孫兒。生命中陸續有了四個孫子孫女後，我忽然重新面對和思考親子關係和人生的旅程，我也變得能更加細膩、溫柔、開濶的去面對外在世界。於是在兒童節的黃昏，我在臉書上寫了一段自己和四個孫兒相遇時的奇妙體驗，腦袋閃過了這樣的句子：「我們在浩瀚的宇宙中沒有迷路，所以在地球上相遇，找到了彼此。」我會有這樣的念頭，源自於兩個不同的經驗，一次是去日本看到了一個前衛設計展，一次是看了諾蘭拍的電影《星際效應》。

那個在東京的設計展作品其實很簡單，每個參觀的人走進去一個很巨大的電腦銀幕前，將自己獨一無二的指紋輸入，就可以看到自己的指紋像是一隻原生動物草履蟲一般蠕動著向前遊走，整個巨大的電腦銀幕上布滿了密密麻麻的指紋草履蟲，都是不同的參觀者在不同時間按下去自己獨一無二的指紋。指紋草履蟲在浩瀚的宇宙中相遇、相伴或同行，彷彿隨機、隨緣，也彷彿早已注定。剛開始你可以一直盯著你自己的指紋草履蟲或猶豫、或勇敢的向前行，但是不久之後你就會找不到自己的指紋草履蟲了，因為密密麻麻的草履蟲長得太像了，你無法辨識自己，如同你無法辨識夜空成千上萬顆星星，更何況只是一顆星星上的一粒沙子。於是你面對這件設計作品，有種迷失和迷路的恐懼。《星際效應》用了許多最新的技術讓觀眾跟著太空人在浩瀚且無垠的宇宙中隨意穿越蟲洞、黑洞，進入人類無法親身體驗的五次元，可以回到過去和提前見到未來會遇到的人和會發生的事情。太空人便是在這個五次元中遇見了未來的孫子們。

原來孫子們早已經在那個未來的時空中等著他了。或許就是在這樣的觀影經驗中使我產生了親子關係是「相遇」，而不是「擁有」的概念。我們只是注定要相遇，我們發現彼此是如此的相似，於是我們很自然被彼此吸引，進一步相知、相惜、相愛，但是我們各自是獨立的、不相同的生命個體，我們並不擁有彼此。

我們在有限的時空相遇，就一起散步，走一段人生的旅途吧。

我們可曾看清楚彼此的臉

如果我們誠實的問自己，我們有哪些明顯的障礙？你能說出幾個？沒有關係，我先說好了。我有閱讀障礙，我常常翻開書看沒兩、三頁，忽然靈感出現了，於是我便停止了閱讀，開始進行另一種工作，寫書給別人閱讀。我有恐懼「衝突」的障礙，所以每當我預感可能的「衝突」，我會預先防患，但並不表示我是寬宏大量、自在又理性的好人。其實我壓抑掉大量憤怒和委屈，會在另一個莫名其妙的時刻找到出口，像火山爆發，燒死火山口四周倒霉的旅客。

我的第三個障礙是嚴重缺乏方向感。我曾經在一個宴會中出去上個洗手間，我走出來轉個彎便回不到原來的地方了。我的這個障礙和第四個障礙有點關係，我對陌生人的臉無法辨識和記憶。我看電影時如果多幾個角色，我常常跟不上角色，有時我會弄錯。在真實的人生我也是一樣。在一次頒獎典禮後的茶會，有兩三個得了獎的年輕人趨前向我致謝，並且向我請教作品是否還有什麼可以改進的地方？當時我正陶醉在剛剛頒獎典禮上我自認為很機智幽默的致詞所換來的笑聲和掌聲，所以我精神狀態處於亢奮狀態。我問了對方的作品和名字，但是我只是問而已。交談十分鐘之後，我轉身去別處和朋友打招呼，當我才剛轉身，又有一個年輕人走向我，向我請教問題，我禮貌的問他名字和作品，他一臉錯愕的望著我說：「我就是剛剛請教你的人呀！」

輪到你說出自己的障礙前，請你數一數我在剛剛短短的敘述中用了幾個「我」字？沒錯，一共三十一個「我」，其中只有一個「我」是那個年輕人。也就是我的「我」和別人的「我」是30：1。這便是障礙的核心了，我缺少「傾聽」的能力，當我們把「自我」看得太重要，無限擴張的結果便是視而不見、聽而不聞。女兒曾經控訴小時候她和父母親說話時，父母親的反應常常會跳回到以父母為立場和經驗來回應，使她充滿了挫折感。長大以後還常常做噩夢，夢到她盡全力在呼叫，但是大人完全沒有聽到，卻只用自己一貫固執己見的態度嘮叨不休，在自己的思維模式中不肯出來，聽不見孩子的聲音，更看不到孩子悲傷痛苦的臉。女兒說，她一直到自己當了兩個孩子的母親後，才終於從自己對孩子的反應中想通了父母親的許多障礙。

原來父母親也有許多表達上的障礙，父母親自己的情緒障礙不比孩子少，有時候父母親故意躲避兒女提出的質問，是因為他們知道自己沒有能力幫助或解決兒女的問題而感到無力和無奈，於是採取逃避或乾脆攻擊對方。當女兒為照顧兩個幼兒心身已經到達崩潰邊緣時，能義無反顧支撐她的，總是那個一直以來對她無微不至照顧的母親，而我也很願意從旁協助。從那一刻起，她終於結束了纏繞她很久很久的噩夢。

從嬰兒一出生開始，父母親盯著那可愛的小臉蛋不肯移開視線，清楚記得嬰兒每個小時、每一天、每個月、每一年的變化，之後，三歲，五歲，十歲，十五歲，進入青春期了，因為彼此的衝突，那張原本可愛的臉長出了醜醜的青春痘。孩子打從有記憶後，父母親就已經是大人了，大人有大人勞累愁苦的臉，有時候孩子很不想看到，漸漸的，彼此越來越陌生。

兒子成為兩個孩子的父親之後，忽然覺得他完全不了解眼前已經成為阿公的我。他說，生而為人，愈是親近的人愈是陌生。因為孩子們習慣用父母親的角色辨識朝夕相處的那一對男女，忘了除了這對男女，他們除了有父母親的身分之外，也是有許多障礙、辛酸、痛苦的普通人。

了解到這些後，也許我們更可以好好看看彼此的臉了。到底我們彼此認識嗎？這是人到初老還來得及補救的障礙。

我彷彿聽到童年的自己在敲門

天微微亮，我微微醒，噩夢趁著黑暗尚未褪盡早已跳窗脫逃，瞬間無影無蹤。噩夢好像在森林中忽然飛高的毒蛾，我手中拿著空空的捕蛾網，跌倒在溼溼厚厚的落葉上。

我聽到有人在輕輕地敲門。不久白色的門被輕輕地推開，有個小人兒從門縫中偷偷看著我。我不用睜開眼睛便可以猜到這小人兒現在的表情和下一步的動作：他那發亮的眼珠閃爍著純粹但奇異的光芒，那是一種發現眼前的景象和自己期待完全相同的快樂和驚喜。他的嘴角露出了一抹得意的笑容。他會說：「阿公，你可不可以陪我玩火山爆發？」果然，當我瞇著眼睛看他時，他已經站在我的床前跟我說了那句話，一字不差。

「火山爆發」是這陣子我們祖孫意外發展出來的新遊戲。就像很久很久之前我陪伴兩個孩子成長的過程一樣，我很少指導和主導他們做什麼，只有偶爾的引導和更多的追隨。有些教設計的老師是透過不斷的否定學生的作品，逼迫學生不斷的修正自己的作品，有些老師尊重學生原始的想法，順著學生的想法協助他去完成屬於他們自己的作品。我一直屬於後者，因為我心中沒有標準答案。那天上午我走下樓看看孫子和孫女的活動，發現很容易覺得無聊

（兒子也是）的孫子，已經把客廳座位上的所有沙發墊抽出來慢慢堆高，一旁原本要陪他進行各種學習的老師，此刻只能當他的助理，替他扶著搖搖欲墜已經超過老師身高的沙發墊。

我靈機一動，接過扶沙發墊的工作，我對孫子說：「峇里島的火山爆發啦！」說完就把堆高的沙發墊推倒，讓沙發墊呈現不規則的混亂。然後我把無尾熊、兔子等布偶放在混亂的沙發墊縫隙內。我拿起塑膠打氣筒一邊打氣一邊扮演現場直播的記者，一邊拍照，向全世界報導救難小英雄如何在火山爆發之後英勇救人的故事。這個遊戲不但滿足了精力旺盛好動可以爬上爬下的孫子，更可以連結上他最迷戀的各式車子，因為他主動指揮大大小小的挖土機、救護車、飛機到現場支援搶救工作。我也隨機把一些水果禮盒的盒子和配件組合成臨時救難醫院的病床和繃帶，收容被救出來的布偶。這個遊戲可以玩一個上午，玩得筋疲力竭之後可以好好睡個午覺，醒來又精神飽滿的和我去中正紀念堂賽跑。我們賽跑互相超前，如果他落後時跌倒，我會原地繼續跑等他奮勇爬起，等他超過我。他跌倒時我從來不大驚小怪，我等他自己爬起來，然後再檢查看看有沒有受傷。

兒子常常說這孫子很像我，話多意見多心思也多，貪玩好動像電動馬達。我想起童年的自己原本叛逆霸道逞強愛表現，如脫韁的野馬。爸爸就像是一個毫不留情的馴馬師，用各種工具把我緊緊綑綁，再用大量的規範和教導框住我。這些都成了我大半輩子揮之不去的噩夢。不停夢到自己迷失在陰暗絕望的童年住所和爸爸失望的嘆息聲中。

我彷彿聽到童年的自己在敲門，他輕輕推開了門，那個充滿好奇的小人兒笑容滿面地走到我的床前，他用他的小手摸著我的額頭說：「好久不見了，我回來了。」

看著小人兒頑皮的眼神和嘴角，我泫然欲泣。

大聲哭泣的小女孩

我端著一杯榛果咖啡走在有風也有陽光的台大校園裡，校園裡的杜鵑花落了，輪到白色流蘇花登場，我想找個地方坐坐，趁著好天氣到戶外看樹也看書。

我一路走到了「大考中心」的廣場。有個雙語幼稚園的師生和家長們正在廣場上進行著遊戲，老師賣力的擺動腰身唱著歌，孩子們圍成一圈跟著老師做著動作。我發現有張長型的木製餐桌旁只有一個背向著我、守著嬰兒車的年輕爸爸，我終於找到可以歇腳的理想位子，我喜歡這樣的場景。或許有過陪伴孩子長大的經驗，或許有錯過什麼的遺憾，我喜歡看到孩子們在身邊繞來繞去發出歡樂的笑聲，那是一種天籟。我喝著咖啡，讀著剛剛才拿到手的新書。幾個孩子爬著一棵橫著長的老樹，有個小女孩躺在幾乎和地面平行的樹幹上笑著說：「啊，我好悠閒。」

這時候我的身後傳來了一個小女孩很慘烈的哭聲，那種哭聲真的可以用肝腸寸斷來形容，扛著照相機的年輕爸爸蹲在小女孩身邊安慰她，她不但沒有停止哭泣反而更大聲。年輕爸爸耐心用完了，起身離去，輪到年輕的媽媽走過來安慰小女孩。小女孩見到媽媽過來繼續放聲大哭，還把小袋子裡的東西全都丟在地上。年輕媽媽並沒有動怒，繼續輕聲細語的安撫她。這時候另一個媽媽走過來，在小女孩身邊放了一些小紙袋，在紙袋裡放了幾片樹葉，對著小女孩說：「我們來尋寶。」小女孩一聽，連鼻涕都哭了出來。

我想起了女兒曾經對我說過的話：「你常常說你小時候很愛哭，而且是大聲地哭，可是你一定沒有看過叔叔大聲哭。叔叔是家中的乖老么，為了滿足大家的寵愛和期待，他一定盡全力裝乖巧，討好長輩。哥哥小時候也常大聲哭，有時候是因為恐懼，有時候是因為不滿，而我總是假裝堅強，和叔叔一樣的壓抑。不願意讓自己內心澎湃或激動，這是不是一種病態？我很羨慕可以大聲哭出來的人。」女兒從小善體人意懂得體貼別人，摔了一大跤受到痛苦都不會哭，大人總愛讚美她勇敢堅定。

這個長得有點像我女兒的小女孩能量真是驚人，她持續大哭著一點都不壓抑。這時候有個長髮女孩用雙手壓住耳朵問我說：「叔叔，她為什麼哭？」我說：「我想她是很難過或是痛苦吧？也許只是玩累了。哭總是有理由的。叔叔小時候也會哭的。哭哭也好。不是嗎？」「可是，我從來都不會哭呢。」長髮女孩很乖巧機伶的看著我，等待著我的讚美說真乖。我沒說，只是笑笑。因為我最常讚美女兒的就是這個字，乖。難道愛哭的孩子就不乖嗎？年輕媽媽終於牽著痛哭的女孩離開了廣場，走到廣場外面的人行道旁，我還是聽得到她的哭聲。遠遠的可以看到年輕的媽媽依舊蹲著和她說話，沒有一點動怒。我清楚的知道，這就是小女孩敢大聲哭的原因了，因為她知道她有一對容許她放聲大哭，而不會被懲罰的父母親。

我離開廣場時，小女孩的哭聲已經化成了風的一部分，緊緊的跟在我後面。痛快的哭吧，小女孩，你是幸福的。我揉了揉眼角，怎麼也溼溼的？長大以後，我已經很久不會哭了，直到初老，我終於有了讓眼淚流出來的勇氣。

那次以後，我愛上了榛果咖啡，因為喝起來有一種眼淚的香甜味。

和災難共存，並且享受它

小時候問爸爸說，為什麼颱風的名字都用外國女人的名字。爸爸隨口敷衍我說，因為外國女人比較高大比較凶。原來爸爸對高大的女人有一種莫名的恐懼感，所以他娶了個子矮小的媽媽。

我從小住在艋舺南方加蚋仔低窪地區一間停車場臨時改建的鐵皮屋。颱風來的時候屋瓦被掀開，屋子漏水，外面竹籬笆全倒。我就讀的雙園國小立刻成為附近居民的臨時避難所，你可以看到很多牛、豬、鷄、鴨都住進了教室裡。對了，這就是我愛上颱風的原因了：既然牛、豬、鷄、鴨都來上課了，我們人類就要暫時停課，撿到幾天風災假。天哪，是好幾天呢。對我這樣一個不愛上學更不愛寫功課的小孩而言，簡直像生活在天堂一般。

因為鄰居之間用來分隔院子的籬笆全都倒了，孩子們就踩著籬笆串門子玩起遊戲，好像人人平等世界已經大同。大人們除了帶領自家孩子清掃屋子把院子裡吹倒的樹或吹斷的樹枝清除外，更重要的一件事情便是藉著颱風吹倒了竹籬笆，再重新把竹籬笆扶起來時，家家戶戶都知道這正是偷偷擴張領土的大好時機。人類的貪婪是無底限的，如果沒有人採取行動阻止這樣的擴張，十戶人家的公共空間總有消失的一天。正直又聰明的爸爸以建立一個小籃球場為理由，找來一個木匠朋友做了一個籃球架，擋在十戶人家中擴張最過分的那家人的竹籬笆牆外面。後來我們打球時常常把籃球投入那家人的大院子裡面。

從小住在那種臨時搭建的鐵皮屋，雖然年年都說要配合政府的都市建設面臨被拆除的命運，但是也因為如此不確定，爸爸反而允許我們在牆壁上和地上隨便畫壁畫或地畫，這樣的成長經驗使我成家有了孩子之後，念念不忘那種臨時的、沒有安全感的，但是卻沒有太多約束、自由的童年生活。我在公寓頂樓蓋了一間六坪大的石板屋，讓兩個孩子和他們的朋友們可以在牆壁上塗鴉，那是我心目中最美的壁畫。我們一家人窩在小石屋裡畫著「小野童話」。那一年夏天，又有一個用「外國女人」名字命名的颱風「寶莉」來了，於是我們就開始創作一個童話故事「寶莉回家」：「每一個颱風長大成人前，都要登陸一個島嶼，為島上的居民帶來生存必要的雨水，還有大大小小的災難，這是海上的颱風家族的成年禮。島上的居民對抗颱風的方式便是和颱風共存，家家戶戶的屋子都設計成可以在颱風來臨時拆搭組合成一艘船，所有的居民也在颱風來襲時相互扶持、救援，凝聚成為生命共同體。」女兒照例會把童話中的主角先用紙黏土做成「小公仔」，她是個慷慨的孩子，常常把這些「小公仔」送給來家中的小客人。（許多年後有個小客人長大了，嫁給原住民回歸部落生活，也成了一個作家。她寄了她的那本書說是要回饋女兒曾經送她的童話小公仔「雷龍豬」。）

後來我把「寶莉回家」故事改編成一齣大型的客家兒童歌舞，成為紙風車兒童劇團的年度大戲《嘿！阿弟牯》，巡迴全台灣客家村演出。在台北首演時，我特別邀請已經從米蘭工業設計學校學成返國的女兒來回顧童年的浪漫情懷。女兒看到她童年設計的颱風「寶莉」登場，在舞台上又唱又跳時，止不住的淚水流啊流的流成了泛濫成災的河。問她到底哭什麼，她說哭那段曾經引以為傲的幸福童年終究完全消失了。或許人生真正要學會的便是接受人生的所有可能，包括失去、告別和大大小小的災難，和他們共存，如果可能，享受它。因為這就是真實而不完美的人生。

阿公的育嬰假

阿公的育嬰假和父母親的育嬰假正好相反。父母親的育嬰假是放下工作專心帶孩子，阿公的育嬰假是在陪伴四個孫子、孫女的夾縫中喘口氣，可以安排一下自己的生活。最近，我終於可以放幾天「育嬰假」了。

可以自由安排自己的生活，原本是人在「初老」時最珍貴的權利，但是自從有了孫子孫女後，這樣的權利忽然被無情的剝奪了。雖然在初老時有了一堆孫子孫女，的確也有一種前所未有的幸福體驗，但是我仍然渴望著一個人可以自由自在的去過自己想要的生活。

就像這一天，一大早四個孫子、孫女準時來家裡報到，充滿歡喜的大聲叫著：「阿公！阿媽！阿姨！」孫子和外孫總是先禮後兵，為了爭奪一個青色的驢子Rudy立刻大打出手，哭聲震天毫不相讓，果然印證了「手足相殘」這樣千古不變的道理，所謂的相親相愛、分享玩具並不符合人性。趁著自己血壓尚未飆破表，我向四個孫子和孫女說：「各位，阿公去買錢啦！」買錢是孫子發明的，阿媽解釋說，阿公去外面「買」了錢，就可以用錢買玩具給他。

離開家後，我去富陽生態公園山腳下的牙科診所報到，年輕女醫師稍稍檢查了一下我的牙齒，立刻知道我最近的生活：「最近生活很亂，對不對。」「沒有錯，很亂。」我含糊不清的回答，也懶得向女醫師報告自己多了四個孫子孫女的事情。其實女醫師這些年到底在我的嘴巴裡種了幾顆牙或用牙套包了第幾個牙齒，我也忘記了。有一回在餐廳吃飯，發現清蒸魚的盤子裡多了一根小螺絲釘，心想廚師也太過分了，不過還好我沒有去抗議，因為一週後到牙科診所報到，女醫師問我說：「牙套上的螺絲釘呢？」

從診所出來我直奔二姊在山腳下的房子，這幢舊房子的內部正要重新設計和裝潢。這是我曾經陪伴媽媽走完人生最後一段旅程的房子，後來我就用媽媽住過的那個有獨立衛浴設備的大房間，做為我的工作室，一晃就是五年。在尋找及設計新的工作室的過程中，我學習了不少新的知識和觀念，所以我對曾經陪伴過媽媽的房子有一種特別情感。看完房子之後很自然的就走進了富陽生態公園，曾經在這裡陪伴媽媽看螢火蟲，曾經在不遠處的福州山和志工們趴在山上做一條手作步道。我看到了一輛空空的嬰兒車靠著樹叢放著。一個年輕的阿媽牽著一個大約三歲的孫子和一歲半的孫女蹲在溪流旁看著小魚。

「孫子孫女能夠在這裡長大，真好呀。」我很羡慕的說：「空氣很好呀。」阿媽淡淡的笑，甚至看起來有些疲倦，這是城市中最容易見到的風景。

都是透抽惹的禍

已經好久沒有走進富陽生態公園了，這裡有我人生最重要也最難忘的一段記憶。

在這裡我日夜陪伴媽媽走完她人生的最後一段旅程，她和二姊住在一起，二姊為了陪伴媽媽，還透過去老人院學習陪伴老人的方法，一方面做公益，一方面照顧媽媽。我的大姊每週用各種蔬菜、水果、堅果打成泥狀養生汁送來給媽媽喝，並且換上媽媽最愛的新鮮的花卉。我的功能便是和媽媽裝瘋賣傻玩太空人在外太空無重力的狀態下，吃力的吃飯和吃力的大小便的遊戲。當我願意很仔細的觀察媽媽的糞便以了解她的健康情況，就像我用同樣方式收拾孫子、孫女、大外孫、小外孫的糞便以了解他們進食的情況時，我覺得我是真心的疼愛他們的。沒有人喜歡觀察糞便，但是因為愛，因為在乎，忍受糞便的臭味也就不算什麼了。

媽媽走後，二姊告訴我說：「我很失落，但是也很幸福，因為我在人生的初老時光，是占有那麼可愛的媽媽最久的一個子女。我不想去老人院當志工了，我會太思念媽媽。」「那我建議你加入荒野保護協會，富陽生態公園就是由這個協會規畫並且管理的。你的生活中最缺乏的就是對大自然的體驗及認識。」之後，二姊就真的加入了這個協會，富陽生態公園對她而言，不再只是運動健身的地方，而且漸漸多了一些對動植物的認識，帶她踏入她生活中原本最陌生的領域。

離開富陽生態公園後我搭捷運很快就進入了伊通街、長春路的生活圈，這是我生活中最常到的地方，可以看電影可以吃米粉湯可以喝咖啡，都是我的最愛。那家從通化街移來伊通街的台灣小吃店完全勾起我童年最眷戀的記憶，我小時候曾經認為那是我願意活下去最大的動力。果然在中午時間全店客滿，但是店員都會要你先點餐，就像辦桌吃流水席，只要擠一擠位子就擠出來了。我很熟悉的點了童年的最愛，米粉湯、油豆腐、蘿蔔，我想吃素一點。店員似乎不滿意，一直問：「還有呢？排骨？豬腳？魚？」好像擔心我營養不良。我是一個習慣討好別人的薄臉皮，只好說：「那就一隻透抽好了。」

之後我就被擠在四人座的方桌，旁邊一個初老女人帶著她的媽媽點了滿滿一桌菜，好像剛從國外返回，太久沒有吃台灣小吃，一桌相思情。另外一個男人邊吃邊講手機，全是房地產的話題。其實眷戀歸眷戀，童年早已遠去，我此刻只想趕緊吃完去喝杯咖啡。我緊張的挾住兩隻臂膀，低頭猛吃自己點的小吃，最後剩下那隻頗大隻的透抽。我完全沒有胃口，很吃力的吃著過去最愛吃的透抽。我這樣連店員都想要討好的個性，什麼時候才能改掉？人生都進入初老階段了，臉皮能不能再厚一點？

請問咖啡的溫度

從前我對伊通街很陌生，就像我對中國大陸吉林省四平市的伊通滿族自治縣一樣陌生。有很長一段時間我常常在台北大街小巷間迷路，回想起來缺乏方向感是個藉口，我們一直生活在歷史的迷霧中才是真正的原因。初老的這些年常常一個人去長春戲院看電影，之後在附近尋找用餐的地點和喝咖啡的地方，漸漸東南西北也都摸清楚了。沒有別人引領方向，自己的方向感就會自動建立起來。

我很喜歡去伊通公園旁邊那一家FiKa FiKa Cafe，作家王宣一生前也特別鍾愛這家店的咖啡，在她別出新裁的告別派對上親友們特別準備了這家店的咖啡，從此去這家咖啡店坐坐也多了一層懷念老朋友的意義，對我們這個世代的人似乎很重要。就像我只要在濟南路二段附近活動，如果遇到用餐時間，我會走到濟南路二段六十九號對面一家店面很窄的牛肉麵店吃碗牛肉麵，遙望已經被拆除到剩下黑色瓦片屋頂的導演楊德昌故居。上個世代八〇年代有許多經典的電影、歌曲和行動計畫都是在那幢日本建築內完成的。

走進咖啡店只剩吧台位子，我照往例點了一杯營養專家最不贊成的榛果拿鐵，因為他們會警告你，每天喝一杯小七中杯的黃金榛果拿鐵，一年後體重會增加十公斤。我從來不在意這些營養專家的警告，我從來不吃任何中老年人的補品，我的抽屜、櫃子、桌面從來沒有一罐這方面的藥物。除了健康檢查之後發現的一些慢性病要定期檢查及服藥之外，唯一養生的方式便是游泳和走路。陪伴孫子的過程更讓我體重減輕，功效卓著。我喜歡榛果的香味，第一次喝到這種咖啡也是一個人在台大校園散步，坐在一棵大樹下看著一群小朋友在追逐，那時候還沒有想過自己會有四個孫子孫女。之後就習慣喝這種不符合健康的咖啡了。店員問我有沒有集點卡，我說沒有，但是我常來。店員很慷慨的取出一張知更鳥蛋藍底白字的集點卡一口氣蓋了四個印章。所以，未來我要再到長春戲院看六部電影，到這裡喝六杯咖啡才能換到一杯一百五十元以內的飲品。

我坐在吧台看著店員操作著我點的榛果拿鐵，店員問了我一個問題，我沒有聽懂，請她再說一次。原來她是問我要的咖啡溫度。「哦？溫度？」我愣了一下，不知道要如何回答。「你喜歡熱一點，或是溫一點？」她又問了一次。「那就溫一點。」我故作有自己主張的口吻回答。其實對我而言熱的可以，冷的也可以。小時候如果對食物挑三撿四，得到的回答千篇一律：「有吃就偷笑了。再囉嗦就餓死你。」現代的孩子一定不相信「餓肚子」是一種懲罰，有時候小偷溜到家裡的廚房偷的只是一口飯。

利用喝咖啡的時間我完成了一篇文章，再去長春戲院看了一部電影《間諜橋》，之後又去開了一個短短的評審會議。匆匆趕回家，四個孫子孫女已經洗了澡吃了飯，正在看公視的水果奶奶。「阿共！」小孫女最機靈，率先大叫，之後「阿公」聲如鞭炮聲此起彼落。我嘆口氣想，只要甩脫你們小傢伙一天，我就可以完成許多工作。難怪很多年輕人不婚更不生。

馬習會的這一天，你在做什麼？

二〇一五年十一月七日馬習會這一天，我一個人帶著小外孫去中正紀念堂玩耍。據說這是六十六年來兩岸分治歷史上最重要的一天，可是我卻沒有任何興趣知道過程和內容。雖然我的出生、成長到初老正好就落在這個特定的時空，可是我就是很無感，甚至麻木。

陪伴小外孫的時光，我沒有預設方向、立場、路線和目標，也沒有五分鐘談話和事後記者會。所以，我只是純粹的陪伴，讓女兒可以去辦點事情。我完全接受小外孫探索外面世界的路線，除非有立即的危險，就算是充滿荊棘的樹叢，我也跟隨他走進去。沒有想到這個平常愛哭的小外孫精力旺盛，竟然把中正紀念堂東西南北都走了一遍。水喝光了，食物也吃光了，我決定搭捷運回家，因為我沒有力氣再走了。

在捷運站入口前的大廣場，我們遇到了一個我很熟悉的盲人演奏家。相信所有曾經走過這一站的旅客對他都不陌生。以前帶孫子靠近他時，孫子會大哭，因為他怕戴墨鏡的大人。這次，我試試小外孫的反應，結果小外孫被他手風琴的音樂深深吸引。我請求演奏家說，可以為我的小外孫演奏一曲〈小星星〉嗎？他笑了，他非常樂意的開始了一整段童謠組曲，而且一段結束了再起一段。我教小外孫如何在每一段結束之後，把紙鈔投入鐵箱。我們在那裡停留很久。

想起二〇〇九年冬天的某一天，快要年底了，整個城市都充滿著聖誕節的歡樂。我經過同樣的地方，盲人演奏家正在演奏〈小星星〉的童謠組曲，我忽然淚流滿面，無法離開現場。因為就在這一年春天，媽媽走了。當時我沒有哭，告訴自己媽媽高壽，晚年又有兒女隨侍在側，一切幸福圓滿。但是盲人演奏家的〈小星星〉組曲忽然使我憶起媽媽床頭那隻會發出〈小星星〉旋律的維尼熊。每次我們子女靠近媽媽床頭時，都要先拉一下維尼熊的繩子，先來一曲〈小星星〉，媽媽就笑了。那一刻，我才潰堤般把半年來沒有流出來的淚水如噴泉般噴出來。原來，我是那麼思念媽媽。

陪伴小外孫聽著同樣的盲人演奏家，在同樣地點演奏同樣的〈小星星〉，我想對媽媽說：「媽，你好嗎？這是你的外曾孫。我現在已經有四個孫子、孫女了。他們個個漂亮聰明。請你放心。」

馬習會這一天，你在做什麼？我在陪伴小外孫，我在思念走了六年半的媽媽。我會永遠記得這一天，這一瞬間，不是因為馬習會。

拍一下，加油。拍兩下，非常傷心，但是不能哭出來，仍然要加油。

這或許是我們戰後世代男人最含蓄的動作吧。

隨著年齡的增長，我對人生有了很簡單的想法，那就是人可以用一輩子的時間學習付出和承擔，然後享受在付出和承擔之後的甜美果實。人生最美好的事情便是，你能找到願意和你一起付出和承擔的朋友。

當我的人生進入了初老階段之後，對於自己的故鄉，最想付出和承擔的正是教育、文化和生態這三方面。

輯四

為了對未來的想像，
我們彼此連結

你好嗎？我好想你

二〇一五年清明節這一天，我想和爸爸說些話。剛開始，我想到很含蓄的三個字：「你好嗎？」可是結束時卻情不自禁的寫下了不含蓄的四個字：「我好想你。」之後，竟然哭了。原來爸爸已經離開人世十七年，我卻沒有一刻遺忘他。

在臉書上開始和爸爸說話是很隨意的，說我在他走後十七年終於找到了那幅他親手用毛筆背誦的黛玉〈葬花詞〉，說這張字畫和他中風有關。印象中爸爸都是在中風之後的復健過程，用雕刻枴杖和用毛筆字背誦黛玉〈葬花詞〉，他說可以同時復健腦袋和手指。爸爸兩次中風都在我人生的大轉折之後，他非常鬱悶。我以為自己用了無比的勇氣改變人生的方向，在他眼中卻是他大兒子的大挫敗和大退縮。一次是中途放棄有獎學金在美國攻讀博士的機會，另一次是辭去已經做了八年表現不壞的半官方電影公司的職位。在他眼中，失去高學歷和退休金的保障，就是失業。他不相信奇蹟和幸運永遠會跟著他的大兒子。他一邊寫著黛玉〈葬花詞〉一邊擔心他有個「失業」在家的兒子，將來兒子一家人的生活還得要靠他有限的退休金：「爾今死去儂收葬，未卜儂身何日喪？儂今葬花人笑癡，他年葬儂知是誰？」

我「在家工作」第九年，爸爸走了。走之前他對我這樣漫長的生活和工作方式仍然半信半疑，信的是他觀察我的工作和生活似乎比過去的上班日子收入更好，親子關係也更好。疑的是我能這樣完全是因為「奇蹟」和「幸運」，他始終認為我當初的兩次選擇其實是錯的。不過在他走之前曾經對我說：「如果這樣的幸運和奇蹟跟著你到五十五歲，你一輩子就是幸運和安全的了。」我一直記得爸爸說的五十五歲，他指的應該是這樣的年紀我應該有些像退休金的積蓄，孩子們也長大了，不用我再費心了。爸爸再也沒有想到的結果是，就在他走後第二年，我接受了別人的邀請開始上班。到了五十五歲，果然我的兩個孩子都在國外讀書，而我又奇蹟式的應徵上一家無線電視台的總經理。如果爸爸還在人間，他一定對自己的「料事如神」感到得意。

但是爸爸沒有想到的是，他的大兒子的人生比他預料的更崎嶇更讓他心驚。五十五歲之後的我經歷了許多驟變，其中一件事是在金融風暴那年我幾乎損失所有的存款。一夜之間，我的人生彷彿被迫重新再來一次。我終於發現越困頓、折磨的命運越能激發我的鬥志。我恍然大悟，就像爸爸兩次中風都能靠自己的意志力重新站起來一樣。這才是他給我最好的遺傳和身教。

我會好好保存著爸爸親筆背誦的黛玉〈葬花詞〉，紀念爸爸克服了兩次中風，也紀念我五十五歲之後驟變的人生，那也正是我初老的開始。

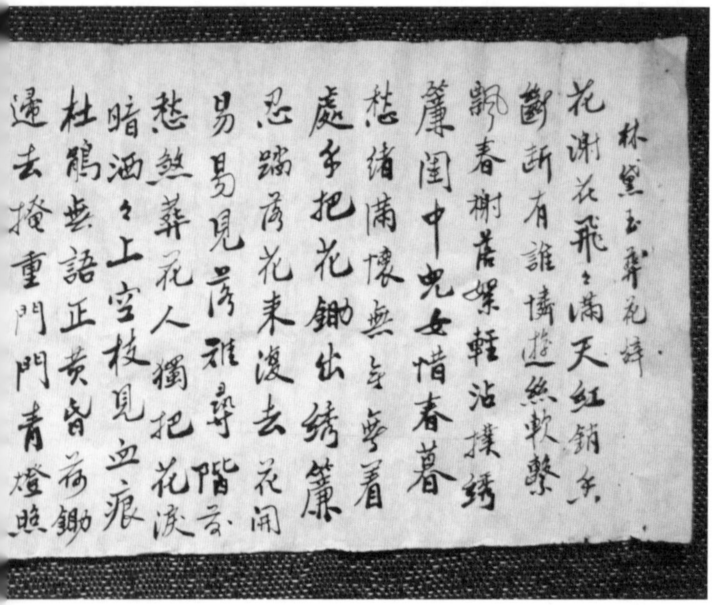
林黛玉葬花辭
花謝花飛々滿天紅銷香
斷有誰憐遊絲軟繫
飄春榭落絮輕沾撲繡
簾閨中女兒惜春暮
愁緒滿懷無[illegible]着
處手把花鋤出繡簾
忍踏落花來復去花開
易易見落難尋階前
愁煞葬花人獨把花淚
暗灑々上空枝見血痕
杜鵑無語正黃昏荷鋤
歸去掩重門門青燈照

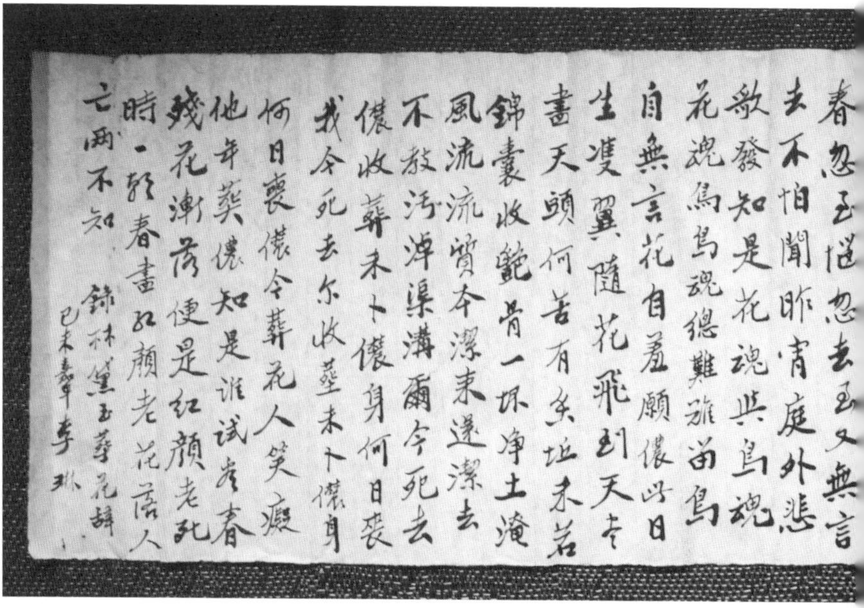
春忽至惱忽去至又無言
去不怕聞昨宵庭外悲
歌發知是花魂與鳥魂
花魂鳥魂總難留鳥
自無言花自羞願儂此日
生雙翼隨花飛到天盡
頭何處有香坵未若
錦囊收艷骨一抔淨土掩
風流質本潔來還潔去
不教污淖渠溝爾今死去
儂收葬未卜儂身何日喪
我今死去尔收葬未卜儂身
何日喪儂今葬花人笑癡
他年葬儂知是誰試看春
殘花漸落便是紅顏老死
時一朝春盡紅顏老花落人
亡兩不知
錄林黛玉葬花辭
己未春韋 李琳

人生的答案

我的爸爸走後在他的「中華宿舍」裡留下了很多奇怪的東西。

如果是盆栽植物，必然經過鐵絲捆綁過，希望植物能照著他主導的方向生長。如果是他親手做的枴杖，長度大約都是一公尺上下，枴杖的頭部會被他雕刻成各種形狀，有時還會塗上紅褐色的油漆，尾部會套個鐵環加上一個圓形塑膠墊子。整棟屋子裡處處可見到他強大的意志力所留下的痕跡，連他的日記都停留在他離開人世前的三天，當時他並不知道自己在三天後就會離開這個他又愛又恨的世界。幾年後當「中華宿舍」要交還給政府時，多虧了非常惜物的阿週，一趟又一趟的將那些「奇怪的東西」搬到他的「木新書院」堆放著。「木新書院」原本是用來堆放阿週的妻子，也就是我的三妹的遺物的小屋，最後父女的遺物堆放在一起。我的三妹是爸爸生前最疼愛的么女，兩個父女終於靠在一起相依為命了。

每逢清明掃墓時，阿週都會帶一點他從遺物中找到的東西，問我和姊姊們要不要保留？

例如那七、八十根的枴杖。「有一根上面好像有寫字。應該有紀念價值吧？」阿週將那支枴杖送給了我的二姊，枴杖上這樣寫著：「這是一根黏在大樹上的手杖，經過多次都弄不下來。老宋替我拚了下來。民國八十六年三月二十日。時年八十有二。吉羊。」那是我的爸爸離開人世的前一年，八十二歲的他，凡事還是那麼喜歡用「拚」的，他經常說，要和老天拚鬥來改變自己的命運。後來阿週又陸續送來二十根枴杖。我望著那些經過爸爸在爬山時「拚」下來後精心製作的枴杖，挑了其中一根看起來最自然、沒有太多琢磨的。這根枴杖頭部像是一個「被拉直的問號」，把柄握在手裡，剛好頂住手掌心，五根手指輕輕握住把柄的前端，剛剛好。我這才相信爸爸真是個巧奪天工的工藝家啊。我想起讀小學的時候有踩高蹺比賽，爸爸找來堅實的木頭，替我製作了一對雕了花紋的高蹺，我帶去學校時同學們都驚嘆著。

黃昏時我拿著那根「被拉直的問號」出發去我的「天堂角落」，這是我第一次拿著枴杖爬山。過去不拿枴杖是覺得有點老態龍鍾，此刻拿起枴杖卻覺得神清氣爽。我想到爸爸是在他離開人世的前一年，製作這根「被拉直的問號」，是否意味著那一年，爸爸對人生已經沒有太多的疑問了？爸爸選在清明節當天離開，因為爸爸最怕寂寞，爸爸一定是等待這一天掃墓的人潮來了，他才願意離開。

我順著石階和樹根往上爬，有了這根柺杖後我健步如飛，好像多了點助力，或是勇氣。我是向天上的爸爸借了點勇氣吧？白天午放的鳶尾花們都慵懶的捲了起來，是要睡了？還是要凋落了？山頂涼亭旁的一株流蘇開了碎碎小小的白花，山風夾著淡淡流蘇花的清香。四株苦楝也開滿了淡紫色的碎花，和流蘇花比起來香味更深沉幽遠。我喜歡流蘇和苦楝。流蘇適合生長在溫暖潮溼的北部，苦楝卻喜歡有陽光的南部。它們都是台灣的本土樹種，雖然生長緩慢，但是樹幹堅硬實在，遇到颱風比較不會被吹斷或吹倒。它們的樹蔭不會太濃密，花也是碎碎小小的非常優雅，當陽光透過樹蔭矖在人們的身上時，人們會感到溫暖舒服。這時我會想起那個替我製作高蹺的工藝家爸爸。

對於人生，我已經沒有太多的問題了。而一個個人生的答案，就像透過流蘇或苦楝稀疏的樹蔭所透下來的溫暖陽光，照在我日漸老去的臉上。

誰是開台始祖

我靜靜的看著紙風車的執行長美國仔糾正著排練場上的演員的舞蹈動作，美國仔的左手臂掛在一個白色的布巾上，說是得了五十肩，但是因為急著要指導演員做動作，到了後來那塊白布巾就不見了。我從來沒見過這個外表橫七豎八、嘴裡從來沒說過溫柔話語的美國仔，會翹著蘭花指扭著略嫌突出的腰身教著演員們跳舞，而且注意到極細微的動作和節拍，那一點都不像平日的他。即將要正式登場的全球第一齣客家兒童音樂劇《嘿！阿弟牯》的最後排練正在做細部動作的微調，不管是不是客家籍的團員，對於音樂劇中的每首歌都已經朗朗上口，這個晚上要排練的是「美麗的桐花島」、「可愛客家話」和「毋驚」。

我看著排練場上那些年輕的演員們熱情賣力的唱著跳著，忽然也跟著大聲唱了起來，那些重新編寫的客家歌都很容易朗朗上口，何況那些語言對我而言，其實是童年最深層的記憶。我的父母親是來自福建西部武平縣和連城縣的客家人，雖然他們平時都說國語，但是和爸爸往來的同鄉們見了面都是用家鄉話在交談，而我那不識字的老祖母只會說客家話，所以我小時候和祖母說話一定要說客家話。童年學到的第一首唸歌謠也就是那首連不是客家人都會唱的〈月光光，秀才郎〉。

我的爸爸常常會和幾個同鄉在院子裡的葡萄藤下拉著胡琴，拉著一些客家小調，哼著一些客家山歌。端午節的時候，老祖母一定會用一些碎花布填入一些棉花和特殊的香料做成一隻隻的猴子，這些猴子不是抱著仙桃就是抱著小猴子，長大後讀到一篇古文才知道這些猴子是有來歷的：「武平產猿，猿毛若金絲，閃閃可觀。猿子尤奇，性可馴，然不離母……」元宵節時爸爸會和同鄉們用竹篾子和彩色的玻璃紙紮出巨型的動物燈籠。爸爸沒有任何宗教信仰，從來不相信任何習俗和禁忌，但是每逢清明他就要燒許多紙錢給列祖列宗，上面寫著家鄉的地址，還要加上一個堂號是「隴西堂」。

由於我的父母親很早就離開家鄉到外地工作，後來又因為想尋找新天地的念頭渡海來台灣，從此就沒有再回去過。爸爸是個沒見過祖父的孤兒，家產被叔叔霸占後只剩下被欺負的孤兒寡母。所以爸爸自稱是開台始祖，自己改了名，也讓孩子們放棄家族的排行，他更不愛談家鄉的傷心往事。我從小讀的學校剛開始都是用閩南語教學，所以漸漸我的閩南語說得比客家語多，然後漸漸的就忘了客家話。

我曾經寫過很多童話故事，我用自己寫的童話故事〈寶莉回家〉改編成這齣客家兒童音樂劇《嘿！阿弟牯》來獻給爸爸和媽媽，我會想，如果他們還活在世上該有多好，他們看了這齣音樂劇一定會老淚縱橫的。我不相信他們會不想念自己的故鄉，他們只是刻意遺忘過

爸爸搭船來台時畫的素描。他總是告訴我們說：他是開台第一代。

去，努力當下為新生活打拚，為了想讓下一代能在新天地生存發展。

許多年之後我終於明白為什麼爸爸對兒女的期許如此殷切，尤其是對我這個大兒子非常嚴厲管教？因為他急於在異鄉、在新天地重建被摧毀的家業。他想當一個開台始祖。

撕毀喜帖的人

爸爸是個非常在乎人情世故的人，他曾經說，如果不是因為後來生養眾多成了靠借貸度日的貧窮階級，他最嚮往當志羅三千客的孟嘗君。他只要收到朋友的喜帖，就是去借錢也要包一個他所謂「像樣」的紅包，但是他也一定會用一本帳本記下來。

爸爸生前最看不起一個從來不參加朋友喜宴的同事吳君。這個吳君做事非常認真，埋頭苦幹不論別人是非，但是做人非常絕。他收到喜帖大部分都撕毀，他認為彼此沒有什麼交情，純粹是來撈錢的，何必要鄉愿滿足那些厚臉皮的人。「真正的朋友反而不會來打擾我。這個世界就是這樣。我們不必去鼓勵那些不要臉的人。」他自己有一套處世哲學。他結婚生小孩也從來不打擾別人，後來孩子們都在國外結婚，他也做到了不麻煩朋友。吳君特立獨行沉默寡言，頗受上級長官賞識，在藝術方面也很有成就，也得到很多獎的肯定。

我記憶中有兩次因為婚禮紅包的事和爸爸發生衝突。第一次是我自已的婚禮，我計畫在教堂裡進行，事後以茶點招待賓客，不要收禮金。爸爸為此大為光火，說我太過分了，太不顧他的面子了。後來我了解他的「委屈」後便採取折衷，我仍然不收禮金，但是另外讓他發帖子宴請十桌朋友，我請客他收禮，皆大歡喜。許多年之後，爸爸媽媽都老了，可是爸爸仍然堅持禮尚往來，自己無法親自前往喜宴時一定要媽媽去跑一趟。有一次媽媽病得不輕，爸爸仍然要求媽媽要親自參加老同事嫁女兒的婚禮。我為此大大發了頓脾氣，我不准媽媽出門，直接把禮金送到婚禮現場。為此我們父子久久不說話。

爸爸離開人世十七年了，他最看不起的吳君依然健在，他依舊堅持他的人生哲學，退而不休，生活非常忙碌。他不在乎別人的眼光和世俗的標準。有一天我遇見他，是在一個頒獎典禮上，他得到了終身成就獎。他聊起了我爸爸，他說：「你爸爸真是一個很重情義的好人，人很正直。但是他生錯了時代，他所有的技能都是靠自己苦學，可惜他的藝術天才被埋沒了。可惜可惜。」那一瞬間，我有種為人子女的酸楚，後悔在爸爸生前常常和他爭吵，甚至在言語中奚落他。真是對不起呀，或許我對你的要求太高了，我的天才老爸，我不是故意的。

寵愛父母，永遠都不嫌晚

如果我們有幸能陪伴著父母親一起老去，在我們四、五十歲時他們大約七、八十歲，我們常常會有個錯覺：自己和父母都還很年輕。

因為父母親仍然會把我們當成尚未成年的孩子，噓寒問暖永遠不嫌多，我們繼續享受著為人子女的幸福。如果父母親沒有和我們任何一個子女住在一起，我們也會有個假象：他們仍然是印象中的中壯年，他們會互相扶持，一起逛街、一起郊遊，一起登山，甚至一起出國旅行，一點也不用我們操心。因為我們要操心的事情太多，我們的孩子，我們的事業和工作，同時，我們也覺悟到自己即將是被子女棄養的第一代，我們將來沒有子女可以依靠，所以我們得未雨綢繆、莊敬自強。我們無暇去管父母，我們覺得他們還很年輕。

是的，我的媽媽在七十八歲那年，曾經親口對我說這樣一句改變她後來生活形態的話：「等我有一天老了，我計畫和兩個女兒共同買一幢在山腳下的房子，我們三個女人住在一起，一起爬山，一起生活。好幸福。」我永遠記得媽媽說這句話的時間和地點，和她那像孩子般純粹、天真的笑容。就在她說完這句話之後，我也哈哈大笑起來，因為她今年「已經」

七十八歲，她說要等她「老了」才要去實現這個幸福的夢想。那是一九九九年二月一日的下午二點左右，我們母子坐在二二八紀念公園靠懷寧街的那個水池旁的石頭上，天空忽然飄起了雨絲，密密麻麻安安靜靜的。我替媽媽撐起了一把傘，那時候爸爸走了十個月，媽媽過了十個月的獨居生活。她口口聲聲說自己已經習慣了老家的生活，拒絕和子女同住，直到生了一場病，我接她過來養病，和姊姊商量好，輪流照顧她。我對她說：「讓我們來寵愛你。」媽媽笑了，說真是麻煩你們了，真是不好意思啊。

我沒有用「孝順」這樣的字眼，總覺得那好像只是不得不的道德和責任，少了一種疼愛，像對待兒孫那樣的自然。媽媽是一個沒有童年的女人，她的童年是在戰火、逃難、喪母的一連串的折磨和恐懼中度過。我們想用對待七、八歲的孩子那樣對待一個七十八歲的老人。我在那個下雨的午後，在那把黑傘下說服了老媽搬離那個沒有電梯的舊宿舍，提前實現了她口中的幸福夢想，和姊姊住在山腳下有電梯的大廈，日日和山林為伍，過了她顛沛流離人生最後平靜愉悅的十年。

最美好的晚年生活

星期四的下午，我踏進台大醫院時，正好有個音樂家在演奏豎琴，這樣的表演在台大醫院已經進行很久了，總還是會有些來門診或是領藥的民眾坐下來靜靜欣賞著。

或許是距離聖誕夜只剩一天，今天圍觀的民眾特別多。今年春天，我曾經遇到一個志願到台大醫院表演豎琴的日本女孩，我拿著記事本，像個粉絲般請她簽個名，讓她享受一下當偶像的感覺，她笑咪咪的寫下她的名字：「高橋 倫子」。

心臟科特別門診的林俊立醫師替我量了血壓後，很開心的說：「你的狀況非常好，血壓甚至還有些偏低。我看你最近很忙，常常上電視，冬天的血壓通常應該偏高，你卻能維持這樣。我要將你的藥量減少。很好……很好。」我就像個被老師稱讚的好學生，立刻解釋說：「我有去游泳和爬山，還有，我喜歡走路。」「太好了，一星期幾次呢？」面對乖乖聽老師話的學生，老師口氣很溫柔。其實林醫生對待每一個病人都是這樣溫柔的，每次從各地慕名來門診的病人都近百人，他總是用極親切和幽默的口吻和病人寒喧著、交代著、解釋著，每個老病號都成了他的好朋友。

排在我前面的那個老婦人顯然也是個老病號，但是她是一個令這個曾經列名在百大名醫榜的林醫生有點頭痛的病號，因為她會任意增減醫生開給她的藥物，並且向醫生報告她兒子的病情，說她兒子最近的新工作如何繁重，去看了別的醫生後，那個醫生又說什麼，已經輪到下兩個病人了，她還是站著不肯走，繼續詢問著醫生各種問題。百大名醫每天要看一百個病人，還得維持親切清醒的態度實在很難，終於大聲制止了她的嘮叨。老婦人這才停止了焦慮的說話，乖乖到門外等著拿藥單，五分鐘後，護士叫老婦人進去說，醫生要向她解釋剛剛的情緒。我在門外聽到林醫師和顏悅色的向老婦人解釋說：「我正在看別的病人，我需要安靜，懂嗎？」

走出醫院，我忽然很想去對面的二二八紀念公園的池塘邊坐坐。我走到那株楊桃樹底下，看著隨身帶來的小說，我很喜歡來這個地方坐坐，回憶曾經和媽媽並肩坐在這兒的一段對話。爸爸走後的那一年，媽媽生了一場病，從台大醫院出來後，我們就是坐在這棵楊桃樹下。七十八歲的媽媽笑咪咪地對我說起兩個姊姊前陣子曾經對她說等到有一天，大家都老了，母女三人就一起住在山腳下吧。我忽然大笑起來說：「媽，你都七十八歲啦，不用等啦。我們立刻行動吧！」就是在這棵楊桃樹下，我說服了原本不肯離開宿舍的媽媽，我說我願意提供山腳下的那間四十坪的房子給媽媽住，二姊願意陪伴她一起生活，大姊每天下班後去報到，三個母女一起吃晚餐、聊天。於是媽媽終於提前過著想像中「最美好」的晚年生活。

媽媽走的時候是八十九歲。我常常想去那棵楊桃樹下靜靜的坐著，因為媽媽生前我沒能替她做什麼，我好慶幸我們之間有過那次意外的對話，提醒了我們這些做子女們，提前完成媽媽晚年唯一的心願。

企鵝，你想要什麼禮物？

從很久很久以前，當我的媳婦安妮還是我兒子的女朋友的時候，她最常問我的問題是：「企鵝，你想要什麼禮物？」叫我「企鵝」表示一種親密，因為我的兒女都這樣叫我，叫著叫著也就成了我的家人了。她因為工作的關係常常飛紐約和巴黎，那是很容易和「禮物」聯想的遠方城市，是流行時尚重鎮。

因為是家人，所以我就乾脆說了實話。我說：「如果可能的話，我只想要空空的鐵罐子，圓形的最好，方方的也可以。」媳婦半信半疑看著兒子，兒子便教媳婦說：「相信企鵝說的話吧。你以後買禮物送給我時就考慮買有鐵盒包裝的禮物，裡面的東西送給我，剩下的空盒子送給我爸。真的，不要懷疑。我爸腦筋還很清楚的。」從那次之後，媳婦如果要買禮物送給我兒子就被限制在要有鐵罐包裝的，例如手錶。有一年兒子得到了一只手錶，我得到裝手錶的鐵罐。又有一年兒子得到了一條皮帶，我開開心心的得到了裝皮帶的鐵罐。畢竟這樣的禮物實在太難找，而且也太奇特了些，於是媳婦想到了更簡單的方式，她找到各式各樣的有鐵罐的英國紅茶，這樣送給我比較像是禮物。最近我收到的茶葉罐上面印有各式各樣的車子，被愛車的孫子發現後吵著要我送他，我堅決不同意，我說：「這是阿公的，借你玩一下。」孫子玩了之後隨手亂丟，我便趕緊藏了起來。阿公什麼都捨得買給孫子，偏偏鐵罐就是不行送，因為那正是阿公在當孫子時最深刻的記憶。

當年我的祖母聽說她的媳婦在台灣生了孫子，於是跟著同鄉從中國大陸來台灣探望她的孫子，原本以為只是一趟旅行，很快就要返回她在閩西山區的老家，所以她隨身攜帶的東西很少。記憶中她的包袱裡有一個圓形鐵罐，裡面放著一些最值錢的手飾和銀元。祖母並沒有想到其實這是我爸爸要同鄉把她從家鄉接來台灣奉養的藉口，我媽媽生的是我大姊。重男輕女的祖母回不去中國大陸之後，就天天盼望能抱孫子。媽媽在生了第二個女兒之後三年才生了我，於是我成了祖母的寵孫，天天抱在懷中，晚上還要睡在一起。祖母床頭的鐵罐越來越多，有的藏錢，有的藏餅乾，都成了我想得到的東西，所以每天晚上我和祖母之間就要演出攻防戰，如果我得不到鐵罐裡的東西，就從床上跳到地上打滾，直到祖母被迫打開鐵罐，我才肯爬回床上替祖母暖被。

在那個物質匱乏沒有零用錢更沒有玩具的年代，鐵罐對我而言代表的正是祖母的寵愛，甚至溺愛。我十八歲那年失智十年的祖母走了，那天夜晚，我仍然爬上床躺在她冰冷的身體

旁邊，想再多陪陪她。後來只要看到鐵罐就會想到在地上打滾的自己，和爬下床把鐵罐打開滿足我的祖母。

畫孔雀的阿娥

這個夏天讓整個台灣像是火燒島一樣。還沒變成蝴蝶的毛毛蟲都要被炙熱的陽光烤焦了，發出了一股濃濃的焦味。這正是我童年夏天的味道。

我滿臉汗水的從童年焦躁不安的氣息中轉醒，難得有個空閒的早上，該去將一頭亂髮剪掉，夏天都過一半了。我打了一通電話給和我同樣年齡的阿娥，問她是否有時間剪頭髮。她的口氣有點為難，後來聽出來是我找她後，就開朗的笑了起來說，可以，但是要快一點。我連忙騎著單車在灼灼烈日下飛奔，衝進阿娥的住處，她家的門已經打開，她拿著剪刀守候在客廳的理髮椅後面，彷彿五分鐘之內就可以解決我的頭。關上大門後，門上又掛了一幅巨大的色彩鮮豔的雙孔雀圖，有著寶藍色胸羽和青色尾羽的雄孔雀和另一隻毛色黯淡的雌孔雀站在一個巨大的岩石上，旁邊纏繞著一株滿是白花的藤蔓。這是阿娥的作品，又是一幅畫得太滿太複雜的國畫。原來她正要出門去參加他們的師生聯展。

阿娥從小成長在埔里山區，據她說到了上小學的年齡，因為要走太遠的路才能到學校，經常走著走著乾脆就在途中玩了起來，後來就沒再去學校了。所以，她是不識字的。她隻身來到台北學剪髮吃了很多苦頭，憑著高超的理髮技術和妹妹開了一家生意興隆的理髮店，也曾經賺到了幾棟房子。歷經人生的一些波折，加上和她一起奮鬥的妹妹罹患癌症離開人世，阿娥決定將理髮店收掉，只在自己的住宅放了一張理髮椅子，偶爾給親朋老友們剪個頭。她說她的餘生要重新開始為自己活。當同時代同年齡的人紛紛退休養老時，阿娥的人生學習才要起步。她買了一些小學的國語課本從ㄅㄆㄇㄈ開始學習，也開始學英文，從ＡＢＣ到唱英文歌，然後她發現自己其實有繪畫天分，於是她報名參加一個國畫班。她最困擾的不是畫圖，而是畫完圖之後不會寫自己的名字。她就是在繪畫班認識了我的大姊，我那經濟學家的大姊對阿娥各方面才能都大加讚賞，於是我們一家人的頭都指定要給阿娥剪。

我每次除了給阿娥剪頭髮外，還會看看她各項學習進度，然後把我自己過去的學習心得分享給她，有時還陪她大聲唱英文歌。在繪畫方面，我不只一次提醒他國畫中留白的道理：「國畫很重視意境，意境除了你畫的部分，還有沒有畫的部分，也就是留白。留白，你懂吧？青春不要留白的留白。你的兩隻孔雀畫得太大了，如果畫小一點，天空就會開闊一些。你的花也畫得太大朵、也太茂盛了，會遮掉孔雀的華麗。」阿娥恍然大悟的笑了起來說：

「難怪我看到有一個畫家，隨便畫一隻很小很小的麻雀，兩根草，竟然要賣十萬元。我一直沒有懂，好小好小的麻雀，其他地方都沒有畫，空空的，還敢賣那麼貴？」「阿娥，你以為你在賣孔雀肉啊，越大隻越好？哈哈。」我被阿娥的話逗得笑出了眼淚，隱約的有些心疼。因為這樣的人，我並不陌生。

戰後出生的孩子裡面有很多像阿娥這樣的人，因為環境的關係失去了更好的求學機會，許多原本的才能和潛力都被埋沒了。我的小學同班同學有一半都因為家境無法繼續升學，他們之中有的數學比我好，有的各方面能力不比我差。看到阿娥我會想起我的小學同班同學，彷彿我們這些能繼續升學的人的幸運，是建立在那些無法升學的人的不幸之上。

對那些人而言，青春全是空白，難怪阿娥的畫總會畫得滿滿的，滿滿的。這是我們這些幸運兒所不能體會的感覺。

諸葛四郎與真平

曾經有人分析說戰後嬰兒潮的人最不願意承認自己老去，因為他們的兒童期沒有玩具，青少年期不夠叛逆，成年後忙於工作沒有享受過生活。所以就這樣輕易老去，很不甘心。

我有一個越老越紅的朋友叫做吳念真。每隔一段時間電視要做他個人專輯時我都被迫要當那個要說點對他的感覺、或是難忘的回憶的配角。其實當他的配角我很不習慣，至少應該是雙主角，就像大戰魔鬼黨的諸葛四郎和真平，我應該是那個英勇的諸葛四郎，吳念真是我的搭檔真平。不果形勢比人強，雖然有點不甘心，我還是得乖乖的就範當個故事中的小配角。

最近邀請的電話又來了，我有點不耐煩的問：「又是什麼事情？」「是這樣啦，吳導最近出版了一本書《這些人，那些事》，我們要替他做一小時的專題訪問。」

這些人那些事？關我什麼事？我終於鼓起勇氣說：「又要我說那些老掉牙的小笑話嗎？我說過N遍了，大家都聽過了。為了收視率，你們應該去找別人訪問，他的朋友可多呢，像……」我一口氣說了一串這些年和吳導工作的夥伴：「我認識的吳念真是二十多歲到三十

多歲……所以，實在找不到人，再來找我吧。他的事就是我的事。我只是覺得，自己早就退流行了。」對方說好好好，就掛了電話，但是我心裡明白，最後，還是會找我。

氣溫猛降的雨夜，重感冒的我頂著傘快步走向紙風車排練場。一個攝影師，一個記者，手上捏著一張紙條有點不好意思的說：「其實只有三個小小的簡單的問題，不要回答太長喔。」我忍著當「路人甲」的氣說：「直接說我被分配的時間，我會自我節制。」我是要節制，因為關於我和他之間的笑話，足夠讓我從台北一路說到高雄。有一次在一輛滿載著老朋友的車裡面我說著吳念真的笑話，大家的笑聲差點讓車子翻下了懸崖。現在只給我三分鐘？簡直是酷刑。

於是我說了一個比較短的笑話：「當我們還很年輕的時候一起看電視，吳念真會指著電視上那些胡說八道誤國誤民的老傢伙對我說，如果有一天我老了也變成這模樣，拜託，請你一槍斃了我……後來快四十歲時他就常常喊著說，老了老了……我們都老了……過了五十……不敢再叫了……我曾經對他說，我應該對你開槍了吧，到處都看到你的人形看板……」

在老朋友或是夾雜著新朋友的場合，「諸葛四郎」如果遇到了「真平」，大夥最期待的就是他們能夠開戰！沒有魔鬼黨可戰的時代，只好兩人脣槍舌戰，在犀利的你來我往中，老朋友們都笑出了眼淚，有的人還會誇張的去撞牆壁。

其實這些笑中多少還會閃著一些淚光，為了那其實已經遠去的美好青春美麗時光，雖然我們都還不願意承認那個「老」字。

錯過了你的牛肉麵——紀念王宣一

宣一，這是一個尋常星期天的晚上。已經成為兩個孩子母親的女兒忽然說，今天我們來喝掉那瓶白葡萄酒吧。我問她為什麼。平日不喝酒的我每逢家人一起吃飯，如果要喝點酒就要有個說法，慶祝或紀念什麼。她說：「因為最近傷心事很多，卻沒有時間哭。」

那瓶酒是二〇一三年紐西蘭Millton的Riesling白葡萄酒，女兒幾個月前送給我的，我一直沒有找到喝酒的理由。二〇一三年的年底，懷著第二胎的女兒和我去馬來西亞為一場國際書展做短期巡迴演講，在飛機上我喝了一種法國的Riesling白葡萄酒，很香很甜。我非常罕見的喝了兩杯，之後就很罕見的流下了眼淚。我把這樣的感覺告訴了同行的女兒，她因為懷孕所以不能喝酒，但是她一直記得我說的經驗。她知道，如果想哭的時候就要喝這一款的酒。

我們終於等到了這個時刻。吃飯前女兒忽然說她要來個飯前的開場白，她說：「最近我們的好朋友走了，髒東西卻來了。我們好傷心，卻忙得沒有時間哭。」三年內連生了兩個孩子的女兒，兼顧工作和育兒，沒日沒夜了好長一段時間。她說的髒東西是昨天來自中國大陸的霾害，整個城市籠罩在灰塵中，我們無助的咳嗽著。好朋友當然就是你，還有韓良露。宣一，知道你走的那天，我正好也因為咳嗽太久聲音啞了，咳嗽時聲音如悲淒的哀嚎。我上網查了一下你倒下的那個城市，義大利的Perugia，當地的氣溫是攝氏十度。宏志對外表示，當時是早上九點多，你們正在車站等車要去下一個城市Orvieto。我判斷你們最後的旅程，是要從義大利去倫敦參加寶貝兒子阿朴在六天後的服裝設計展，他在倫敦時裝週要推出二〇一五年秋冬新裝。這原來是個多麼令人羨慕的幸福旅程，你用全部力氣陪伴家人，眼看才要開始享受著豐收，享受人生的另外一段美麗的旅程，偏偏你卻在義大利中部小鎮車站旁的麥當勞倒下，結束了六十年的生命。

你的大學同學作家吳繼文在十九天後宏志和阿朴為你辦的那場「宣一的最後派對」中說，一個來自台灣的美食作家卻倒在義大利中部的一個小鎮的麥當勞裡，有點像是一部推理謀殺的小說情節。宣一，我有去參加你的「最後派對」。人潮洶湧，多到家屬臨時再多借了一個大廳。大家都來了，一個老朋友這樣說。是的，有許多彼此都不認識的「大家」，可是「大家」都認識你。相信連你自己都沒有看清楚到底來了哪些人。我就站在你的對角線的最角落，你的朋友真多，大家又哭又笑的上台分享你的一言一行。其中有一個朋友上台說：「宣一，你真是我們的領頭羊，連離開大家都搶了先，然後高高在天上看著大家說，我倒是要看看你們怎樣浪費生命！」到了下午五點，我匆匆離開了，其實我好想站在那個最遠的角落，靜靜的聽著所有朋友們的分享。但是家中有三個孫子，人手不足，我只好乖乖趕回家，相信你一定會笑說，去，去，去，孫子重要，別站在那兒傻傻的流眼淚。

去參加「最後派對」的前一天，我去探望在病床上的吳念真。他看到我來了，便指了指自己的腦袋說：「我的頭殼壞了。」我也就半開玩笑的對他說：「好吧，那我來試試你的記憶力。大約是一九八〇年前後吧，你和我，還有王宣一，我們三個人搭著一艘遠洋漁船出海。你記得嗎？」「海功號！」吳念真眼睛亮了一下喃喃的說。「那一年，她還沒有嫁給宏志吧？不過也就大約是那時候。他們結婚得很早。」我也喃喃的說。「看來，我是沒有辦法出席她的最後派對了。」吳念真低下頭，一臉悲淒無奈。那一年我和吳念真剛剛才去中影上班，為了拍一部電影先出海看景，當時你是時報周刊記者，隨行做採訪報導。後來我最先暈船，在迷迷糊糊中只看到你生龍活虎的攀上爬下拍攝照片。你和念真聊著我，念真說我平日非常有幹勁，怎麼出了海就成了軟腳蝦。你們聊天的聲音隨著海風飄來飄去，飄來飄去，就這樣飄來飄去。沒錯，就像羅大佑的那首歌〈未來的主人翁〉的歌詞。我永遠不會忘記你們嗡嗡嗡嗡的對話。你們談電影、談生活，那是充滿了對未來期待的青春話語。這樣的熱情就在整個八〇年代爆發了。我們大家各自努力，在那個屬於我們的時代創造了我們自己的電影，自己的歌，自己的文學，自己的政治。

宣一，你的忽然離去就像我忽然啞了很長一段時間一般，好像，我們忽然失去了話語權，我們失去了那一整個美好的時代，我們也陸續失去自己。我在「最後的派對」上問一個同時代的朋友說：「這樣不對吧？我們還沒有到彼此送別的時候吧？難道我們要接受唱老黑爵嗎？老友盡去，永離凡塵赴天國？」那位朋友微笑著望著我說：「是差不多了呀。」在派對上大家吃著你推薦的Fika Fika的日曬耶加雪菲、粉圓、伍仁酥、普洱茶、義大利點心。大家聊的最多的是你做的牛肉麵，據說後來宏志上台時表示，他要努力找回你做的牛肉麵的味道，然後再請朋友們來吃，就是用小巨蛋來容納更多的朋友都在所不惜。

天哪，牛肉麵。我想起在一次我和你都參加的新書發表會之後，一群美食專家起鬨，說要去你家吃你煮的牛肉麵。你約我一起去你家吃，我是個很沒有胃口的人，又急著趕回家，便婉拒了。我輕易的錯過了你最拿手的牛肉麵。現在回想這一切，我明白了一件事，其實當我只專注在我所熟悉的世界時，我經常錯過了更多美好的人、事、物。你的驟然離去，對我而言像是被狠狠的敲了一記，提醒我說，未來的日子，請不要再浪費上天留給你的寶貴生命，不要再輕易錯過了許多美好的人、事、物了。

拍一下，拍兩下

女兒匆匆忙忙去上班，彩色手機忘了帶。那個手機是我送她的，我送過她三隻手機，因為她不太常用手機，也懶得升級。

她和我連繫，我說我送手機去給你，因為我有想要買的書，女兒公司樓下有一個大書店。女兒說：「好，一起吃中餐。」這真是難得的幸福時光。之後我們就一起買書、一起吃飯，她付錢。這樣，我就更幸福了。

當孩子們還小時，這是我們假日經常的活動：逛書店，買書，吃飯。孩子長大之後就非常少了，各自出國、結婚、生子之後，幾乎不可能了。

黃昏時刻，正在街道上等紅綠燈。發現一個老朋友的熟悉背影，拿著手機不知道在拍什麼。我迅速從背包掏出一本剛剛才買到手的新書《旅行與讀書》故意衝向他，並且把書拿著說：「詹先生，我是你的讀者，請你簽個名。」

他看了書，又看了我，哈哈大笑，用力拍了我肩膀一下。他當然沒有簽。不久他便和他的兒子詹朴匆匆上了車。這本書有詹朴的序，他稱他的爸爸為「年長的室友」。這本書詹宏志獻給王宣一，因為書中的每趟旅行都有他們在一起的身影。

這些年我常常和詹宏志一起開會，他見到老朋友習慣的動作都是拍一下對方肩膀。因為如果握手，似乎有些距離。王宣一走之後不久的一次會議，他見到了我，按照過去習慣拍了我肩膀一下，但是，停頓了一下，我開口想說一句慰問的話，但是有點哽咽說不出口，他似乎也懂，就再拍了第二下，意思是，別說了，我都知道。我們開會吧。

三十五年前，一九八〇年初我決定放棄繼續在美國攻讀博士學位返回台灣，這在當時是很尷尬的事，彷彿是件說不出口的遺憾。因為中美斷交，台灣湧現大量移民潮，我放棄獎學金逆流而回，朋友都搖頭說，哎，可惜，太可惜了。

可是有一天，在一個聚會上遇到年輕的詹宏志，他笑臉相迎，用力拍了我的肩膀說：「歡迎回台灣，一起奮鬥。」我轉身想哭，因為這句話是我當時最渴望聽到的一句話。他可能早已不復記憶。他的一句話，拍一下肩膀，對我竟然是莫大的鼓舞。

一九八〇之後，我們總是相遇在不同領域上，包括台灣新電影，包括文學出版。

背景照片：劉振祥。
照片提供：施悅文。

拍一下，加油。拍兩下，非常傷心，但是不能哭出來，仍然要加油。這或許是我們戰後世代男人最含蓄的動作吧。

孩子笑了，大人們卻哭了

最近為了推廣文化活動或是抗爭的社會運動，我常常去到台灣許多偏遠的角落。我在台南台江的一座靠海的大廟裡參加大廟興學的活動，面對附近的朋友們談我對於土地和家園的認同過程。我提起二〇〇六年兩件由民間發起對台灣未來影響深遠的運動，一件是年初的千里步道運動，一件是年尾的紙風車三一九鄉村兒童藝術工程。那一年去我公共化後的中華電視公司任職，我將這兩件由民間發起的文化活動列入重要的公共議題，在華視新聞節目中有計畫的持續追蹤報導。

在大廟的演講結束後，一個爸爸帶著他兒子走到我旁邊說，他們已經看了五場紙風車的表演了，因為他們密切注意劇團會到台南各鄉鎮表演的時間。那個孩子笑了起來，很誠實的對我說：「你剛剛的演講，我只聽得懂紙風車。」我那一刻好替紙風車的所有朋友們感到驕傲。終於，終於在台灣最偏遠的角落的小朋友們都知道台灣有「紙風車兒童劇團」了。我更加相信所有理想的實踐，除了行動、行動，還是行動，所有行動最終的目的，便是換來小朋友的那一句話，和那一個笑容。

每次和小朋友們一起坐在星空下，看著台上紙風車的演員們賣力表演時，小朋友們都會笑得闔不攏嘴；尤其是到了互動時間可以加入一起玩的時候，他們簡直玩瘋了，又叫又笑又跳。我常常看到一些孩子們乾脆在原地手舞足蹈、自得其樂起來。就在這樣的時刻我都會忍不住的流下了眼淚，後來我才發現很多台上台下的工作人員也都會跟著哭。所以並不是因為我愛哭。

我問自己，當孩子們笑的時候為什麼我會哭？其實，也是因為我太快樂了。孩子的笑和大人的哭其實都是因為太快樂了。上個世紀的八〇年代我和包括吳念真、柯一正在內的一群年輕電影工作者，想為台灣電影衝出一條生路時，我在筆記本上寫著自我鼓舞的句子：「踩平阻擋我們前進的障礙，讓後代子孫不再低頭走路！」旁邊還配上一張有許多腳掌的圖片，那是一個充滿熱情、豪氣和志氣的時代！

一九九二年當我離開電影界回到家開始創作童話時，一個來自蘭陵劇坊的年輕人李永豐，在吳靜吉博士的鼓勵下和一群志同道合的朋友創立了紙風車文教基金會，我們這群搞「新電影運動」的人和其他文化界的朋友們也被他的行為感動，陸續加入這個為兒童表演服務的行列，柯一正導演被推舉為基金會的董事長。二〇〇六年，當社會開始動亂不安的時刻，大家有了「紙風車三一九鄉村兒童藝術工程」的構想。

和當年我所寫那種殺氣騰騰的「踩平阻擋我們前進的障礙，讓後代子孫不再低頭走路！」不同的是，這個偉大的行動綱領是「尋找願意幫助我們前進的力量，讓後代子孫充滿自信和微笑！」

孩子笑了，大人們卻哭了，因為他們太快樂，因為五年後（二〇一一年）他們的心願，竟。然。完。成。了。

被國文老師痛毆之後

我讀高中二年級的時候，曾經有一個被國文老師兼導師劉道荃痛毆的經驗，那種拳擊比賽式的打法相當恐怖。透過一次又一次的書寫這個故事，每寫一次就把老師體重增加十公斤，從八十公斤增加到一百公斤，青春時的疼痛感覺也許在情緒的渲洩後比較淡了，但是歲月卻像一條湍急的河流不停的沖刷石頭一樣，那件發生在青春期的故事，在我初老時又有了全新的發現。

回憶當年在教室座位上挨打的那一瞬間，我問自己內心最深刻的痛苦是什麼？現在我終於找到了答案：是所有同班同學都沉默的低下頭，沒有人敢吭聲，也沒有人為我說句公道話。只有坐在後排的阿雄，在老師說要開除我然後離開教室之後，他從後排走到我身邊，拍拍我的肩膀，我看了他一眼，我的眼中沒有淚水卻有熊熊怒火。我看到阿雄眼睛中有一種不捨和同情。後來阿雄在週記上替我解釋，認為我在小楷簿上抄法國小說《紅蘿蔔鬚》純粹只是順手拿來就抄，並沒有藉此諷刺老師的惡意。劉老師不領情，反而在阿雄的週記上威脅阿雄，要用同樣方式對付他。

我的最新發現便是「集體沉默」其實是另一種「集體霸凌」，這樣的現象從我們成長時的威權時代到解嚴之後的好長一段時間，校園的文化始終沒有改變，甚至有更壞的狀態。在我的兒女讀國中時代，有一所國中曾經發生過一個老師長期凌虐一個學生事件，學生家長向學校抗議，學校當局和家長們鼓勵其他學生做偽證，並且用張貼海報、獻花來製造他們愛戴老師的假象。私底下有同學想說出真相時都被家長說服制止。我總是會想起楊德昌導演的《牯嶺街少年殺人事件》，他花了很長的篇幅鋪陳我們成長的時代所獨特的苦悶、窒息和不公不義，導致最後高中生小四在發現他的小情人為了家庭生存，移情別戀特權分子的兒子時，他忍無可忍的殺了她，口中大喊：「你沒有出息！」電影看到這一段時，我渾身發抖淚水流不停。我終於明白當年被毆打的事件其實正是整個時代的縮影，戒嚴時代的學校像軍隊，也像監獄，集體的控制，每個角落都會有不可告人的黑暗面，有無數的受害者在吞忍著苦果。

說來很諷刺，我的「救贖」也來自一個國文老師，她是萬華初中朱永成老師，我後來抄在小楷簿上的小說正是她送給我的法國小說之一。她欣賞我的作文，更欣賞我的領導能力，她期許我不只是當一個作家，而是要像台大校長傅斯年那樣能夠帶領時代風潮、引領風騷的領袖人物。我高中聯考失利，同班同學幾乎全上了建中、師大附中和成功高中，只有我意外落到了成功高中夜間部，遇到了一些像劉道荃那樣的老師，我變得非常憤世嫉俗，甚至人格扭曲。是朱永成老師救了我，她不停的寫長長的信給我。她幾乎是用哭求的方式鼓勵我說：「不要放棄自己，你是我所有教過的學生中最優秀的一位。你不要辜負了老天給你的天分。你活著是要貢獻社會的，相信老師的眼光。」我一直不相信她的話，大學讀了生物系，大三那年我開始陸續發表作品，真的成了作家。我雖然用了筆名，已經去了美國的朱老師卻從文字中判斷那個叫做「小野」的作家應該就是我。

對於不公不義的事情集體保持沉默，甚至集體掩飾不公不義，對一個孩子的傷害遠大於暴力本身，如果不是因為我在成長中也不斷遇到愛我、欣賞我、鼓勵我的老師和阿雄這樣的朋友，我應該是個內心充滿了恨意、人格扭曲、具有反社會人格的人。現在的我，對於當時的社會有了更深刻的了解，所以會想用自己一生的時間和力量，來從事改造社會及提升社會良知的工作。這樣急迫的心情，都是因為高二挨了老師那頓痛毆之後同學們的集體沉默。

千里步道就在你旁邊，只要你起身出發

二〇〇六年初，我收到一封來自山上的黃武雄老師的一封信，內容是他寫的一篇文章。他是一個擅長論述，又擅長做夢的人，雖然他的專業是數學。

他文章的第一段是這樣寫的：「你我能不能攜手合作，來開闢一條環島的千里步道？親愛的朋友，從今天起，請出門去探查一段小徑：山路、古道、產業道路或鄉道都好，條件是遠離喧囂，沿途要有不錯的自然或人文景觀。之後我們可以這樣做：1.我們玩接龍遊戲，經匯集與勘查後，接成一條環島步道。2.我們大家連署，邀請民意代表協助，請政府排除困難，保護這條步道，免於經濟開發，並且投入資源協助規畫且促其實現。3.我們要發展一套周延可行的公共論述，並與步道沿途的地主深層對話，尋求他們支持，同時提示有利於地主的種種誘因，在政府與地主之間穿梭溝通。4.在這條步道上，引入新的價值觀，討論經濟開發與生態人文之間的矛盾，討論種種人與自然如何相處的問題，創造一種不同的場域，發展新價值。」

我沒有立即回覆黃武雄老師。這些年來他在山上養病期間，除了仍然在進行他的數學研究之外總是憂國憂民，偶爾約一些有心的朋友們在永和社大的生態園區討論台灣社會的沉淪及如何救贖，嘆息聲在黑暗中消失後，我們能看到的只是彼此絕望的眼神，如同棲地已遭破壞後奄奄一息的螢火蟲閃爍的微光。二〇〇六年初正逢阿扁總統連任之後的施政表現每況愈下，甚至於有荒腔走板的演出，人民的理想幻滅揉和著民怨四起，紅衫軍即將圍城，誰還有心情談千里步道的大夢？不久之後周聖心約我上山，她說她已經約好了荒野協會的創始人徐仁修，黃武雄老師希望我們三個人就當個發起人，上山共商國家大事——「千里步道」的籌備和推動。徐仁修？又是一個令人欽佩的傻子，看來我又要被迫成為三傻之一了。我已經忘記在山上我們說了些什麼，只記得黃武雄老師永遠相信任何事情最珍貴的就是在集合眾人智慧和經驗時互放的光亮，也就是一步一個腳印走向公民社會。而徐仁修的信仰永遠都是讓大自然保持原本的樣子，荒野本身就是智慧的來源，任何人工的都只會破壞大自然的規律和秩序，他建議每個鄉鎮都能擁有一塊沒有被破壞的森林。天哪，千里步道還沒有開始，已經變成千里森林了？他們豈止是傻子，簡直是瘋子。我心裡沒有說的是，倒不如我去應徵公共化之後的中華電視台總經理的工作，至少我還能藉由一個公共媒體的力量成為一個追隨者、傳播者比較幫得上忙。於是我開始認真寫一份應徵的報告書，強調了公共媒體在公共事務和社會關懷上的責任。

然後我就真的考上了那個有非常多人去應徵的工作，不久我們三人也就正式對外開了記者會宣布「千里步道運動」的啟動，媒體超乎想像的大幅報導這件事，甚至用「大地倫理運動」來形容這個運動的重要性。從此華視新聞也加強了對這些公共事務及有關社會民生的報導。然後，我就真正成為「千里步道」最忠實的追隨者，一直到我離開華視，一直到現在。

我追隨了這個大夢已經快十年了。從去見各縣市首長一一進行遊說的工作，陪伴志工們去荒野、林徑、步道種樹，帶著旅行社翻山越嶺去到原住民部落探訪未來社區的經營之道，到趴在山上和志工們用雙手雙腳完成取代水泥山路的親山又親水的手作步道。我親自體驗到「千里步道運動」這近十年來最核心的十種價值：1.在地的、2.慢速的、3.手作的、4.體驗的、5.志工的、6.社區的、7.生活的、8.旅遊的、9.文化的、10.生態的。這是徹底反省並且翻轉了過去台灣人為追求經濟及開發所造成的環境污染和破壞及人民精神上的急躁、功利、不安和焦慮。果然，這是一個土地和人心重建的大工程，只要能一步步很踏實的走出來。這近十年來我的夥伴們也從政策和法令面做了不少具體的遊說，也造成重大的改變，例如公路法的修法，第五十八條，呼籲在既有的道路上劃設人行及自行車道。早期遊說台9和台11至少要劃設單車道簡直是件不可能的任務，現在政府部門已經會主動規畫這些路線，例如花蓮的雙潭自行車道和其他許多縣市的美麗自行車道都是這樣陸續完工的。台北市、新北市一直通往大溪桃園的河濱自行車道原本有不少斷點，也都陸續銜接了起來，直至今日騎自行車環島已經成為年輕人的新風潮。

這十年來，一批又一批的志工們和我一樣一直追隨著「千里步道」的大夢，這個大夢曾經感動過很多人，尤其是年輕人，他們在不同的時期投入這個尋夢的旅程，為這個原本看來有些天方夜譚的夢想添加了新做法和新觀念。黃武雄老師沒有說錯，只要我們敢啟動了一個大夢，成熟的公民社會自然就有一些充滿理想、活力和智慧的人會跳出來一起加入、共同來完成這個大夢。這條在地圖上可以具體畫出來的路線不是一條路線，而是遍布全島的路網，如同人體的血管一樣。大體上在西部是以嘉南大圳和糖廠五分車的舊鐵道為主，例如虎尾馬公厝線糖鐵結合追火車文化與產業的路線或是台南從台江內海通往烏山頭水庫的山海圳綠道（沿途有古蹟、考古遺址、水圳和水庫等）都在這條步道上。西部沿海從彰化大城芳苑到雲林四湖、嘉義布袋、台南北門、台江，我們曾經積極加入反國光石化的抗爭行動，阻止這條跨縣市的海線被汙染被徹底消滅。東部從宜蘭起是以花東山海線為主，往南銜接已經劃為保留區的阿朗壹古道。宜蘭冬山鄉在政府與民間的合作下完成了一條示範步道，也限制了農藥的過度使用，做為今後公部門協調民間地主完成步道的模式。

千里步道的下一個十年要做的便是步道的綠化工程，從千里步道變成環島綠道，從山林延伸到城市綠道，增加全島綠的覆蓋率，也就是千里森林的概念。公共電視導演林冰友在十年前就關注這個象徵台灣社會啟動了一個大夢的運動，他從我們幾個人在二〇〇六年初的第一次會面便開始拍攝，他跟著所有正在進行步道勘查、探索的隊伍深入山林古道和海邊步道，拍攝到許多珍貴的畫面。他最近（二〇一五年）正式公布十年前便開始拍攝的「千里步道」的紀錄片《那裡有條界線》。常常有人問我，台灣的千里步道在哪裡，我的回答總是：「就在離你不遠的地方，到處都是，就在你家門口，在河邊，在海邊，在山腳下，只要你願意起身出發。」

我們會挺身而出，不放棄每個可以改變歷史的時刻

——五六運動一百集宣言

十二個沉重的公民論壇肥皂箱，七百個風雨無阻的日子，在中正紀念堂自由廣場上已經進行到第一百集的「五六運動」，終於要在春天來臨前向「我們的社會」說再見了。

沒有用「向大家說再見」這樣的字眼是因為我們心知肚明，我們所做所為在這個社會中只有少數人關心和參與，用「大家」似乎有誇大之嫌。用「我們的社會」這樣的字眼比較接近我們的初衷。社會是由所有住在這塊土地上的人組合而成的，他們各屬不同的社會階層、團體和職業，甚至族群，各有不同的生活態度和經驗，也有不同的價值觀，它非常的流動而且複雜。當有人說自己是覺醒的「公民」時，一定會有人竊笑說他們是「暴民」。當有人解釋自己所做所為是為了深化「民主」時，一定會有人不屑的指責這些是「民粹主義」作祟。吵來鬧去，似乎都有點道理，那麼只有各自努力去實踐自認為的真理，把這樣的「實踐過程」投入所謂「社會」這樣既抽象又具體的漩渦中，期待能影響，甚至改變一些什麼。

十二個公民肥皂箱重不重？也許我們抬得動箱子的本身，但是加上對歷史的責任和對未來的期盼，每個肥皂箱都是不可承受的重。七百個日子長不長？對漫漫歷史發展的長河而言，近兩年的時間還不到每一屆總統任期或立法委員任期的一半。但是對於瞬息萬變、凡事迅速被消費掉的台灣社會而言，七百個有風有雨的日子，一百個寂靜的漫漫長夜卻是漫長的。在這段漫長的日子裡，廣場上的冷風冷雨不斷打擊著我們每個人的信心，折磨著我們的意志力，一次又一次嚴苛的逼迫我們對自己叩問：「這樣做，值得嗎？」特別是到了整個活動的末期，當參加的人數比贈送來的包子還少，台上唱〈美麗島〉的志工們比台下逐漸散去的群眾還多時，拖著疲倦的身軀趕搭交通工具回家的途中，總是告訴自己，我們這樣堅持，是對歷史的責任，對未來的想像。

回首七百個日子，我們並沒有後悔，反而很慶幸這個原本只是反核四興建的「不要核四五六運動」正好遇上了台灣社會公民運動興起勃發的時間，使得這個固定在每個星期五晚上六點鐘的戶外的非暴力抗爭，也成了各個不同公民運動的發聲平台。而我們也從固定的星期五發展成隨時去聲援、支持其他的抗爭活動，從爭取軍中人權的洪仲丘事件、爭取勞工權益的關廠工人事件、爭取土地正義的大埔事件，一路發展到太陽花運動，所有的五六運動發起的導演、作家們和志工們自動自發化身透明人，參與並支持著這些對台灣歷史發展有重大意義的公民運動，一直到許多事情都有了階段性的成果，許多面向的改革也從體制外延燒到體制內，而政治的版圖及勢力的重組也將台灣帶向了一種新的可能。

我們不後悔，也不放棄，不放棄每個可以改變歷史的時刻。我們說再見，就是真的會再見。二〇一五年二月六日週五晚上六點的一百集，我們將採取辦「尾牙」的方式向這個定時定點的運動模式告別，但是「尾牙」之後我們會繼續用另一種方式進行我們的第一〇一集、第一〇二集、第一〇三集……當社會發生讓我們無法再忍受的不公不義時，我們仍然會挺身而出，義無反顧。當春天來臨時，我們將看到百花齊放的美麗景象。

太陽，不遠。黎明，不再

有一部由一群紀錄片工作者合力完成的紀錄片《太陽，不遠》在二〇一五年十月三十一日重回三一八的「太陽花運動」現場公開放映，許多人又重回到二〇一四年當時曾經在春初揮舞熱血青春的立法院外面的濟南路現場，許多人又重新流了一次眼淚，但是也有人覺得那像是一個夢一般的不真實。

這部紀錄片是用短片集錦的方式，像拼圖一樣，企圖摸索出這場史無前例的運動的真相和意義，導演們採取了許多不同的主體和觀點，毫無預設立場的切入運動發生前後的一些面向。例如抓住麥克風的領導人從頭到尾是如何的心情轉變？例如快速加入的公民團體和學生團體之間的溝通？例如國家機器扮演的角色？例如許多前後加入的志工們各別不同的遭遇和心情有哪些不為人知的故事？

我在這個運動進行的過程和之後的半年，常常和一些在大學或中學任教的老師聊到「太陽花運動」的種種，一般會有兩種反應，一種是對學生的參與採取鼓勵的態度，甚至會再花時間替學生補課。這些老師認為因為有「太陽花運動」的出現，給了許多對自己未來很茫然的年輕學生一線曙光，他們學會關心社會不同議題，並且付諸行動。另一種老師則諄諄告誡學生說，好好把書念好，加強自己的實力和專業能力才是真的，別跟著那幾個學生領袖後面跑，整場運動結束，只紅了那少數幾個人。

毫無問題，如果我是老師，我一定是前者，因為我不再希望我們這些戰後世代的人繼續灌輸利己、競爭、成功那樣功利的思維給下一代，因為就是這些自私自利的觀念，讓戰後世代留給後代子孫的大部分都是難以收拾的爛攤子。我有一群不同世代的導演朋友所組成的小蝦米團體，在「太陽花運動」的過程中始終扮演著支持者的角色。柯一正導演在占領立法院第一天就進去立法院的二樓，我在第五天受邀進去立法院做短講，也就是在那次和柯一正的碰面時，我們決定再找一些熱心的導演進立法院來鼓勵士氣。我當時打了一通電話給王小棣導演，當時已經回到山上照顧生病朋友的她，猶豫了一下，說好。

王小棣很快就下山了，她面對立法院內的學生熱血沸騰的鼓勵著，並且決定隔天再找藝術學院的學生們用布條圍住立法院，說是建立一條護城河，保護立法院內的學生們。她離開時眼中泛著淚，對我說：「這些日子我要留在山上陪黎明。你知道，她……」我說：「我知道。你放心，我們會守住這裡。」

望著她離開的背影，我眼中也有淚，也更明白她接電話那一刻的猶豫。

在黃黎明告別式的前一天凌晨，我做了一個奇怪的夢，我反反覆覆的困在這個夢境中無法醒來，或許潛意識裡不想立刻清醒過來。

我夢到朋友們為了紀念黃黎明，大家相約搭飛機到金門去欣賞她拍的二十分鐘短片。大家為了紀念這個好可愛又溫柔的女人，互相承諾分頭去拍短片，將黃黎明拍的二十分鐘短片拉長到九十分鐘，然後去戲院放映。去金門的飛機座位很有限，已經被朋友們一搶而空，只剩下最後一個座位，七十四號，我搶到了最後一個號碼牌。後來才知道，一個號碼牌可以有兩個人去。我約了二姊一起去，因為二姊沒有去過金門。我們去機場報到時，憑號碼牌可以換幾樣東西，每樣東西都是成雙成對的，例如兩雙飛機上用的拖鞋，兩瓶牛奶，兩包軍用乾糧。

二姊問我說，怎麼如此周到呢？我說，因為是黃黎明呀，她一直是很體貼的人啊。一路上，我就向二姊介紹黃黎明這個人。我先從王小棣說起，我說她們從年輕時就一起成立公司，藉著接電視紀錄片和連續劇，一起培育出許多年輕的影視工作者，像當今許多知名的電影導演像蔡明亮、吳乙峰、陳玉勳、瞿友寧、馬志翔等，和許多當紅的演員。他們這一對戰鬥搭檔和年輕的夥伴們在這漫長而艱辛的歲月中，一起完成了很多精采的電視、電影和動畫長片。

我想起黃黎明曾經在病情比較穩定的時候，用書信體的形式寫了一篇文章，描述她的病就像是在生命的旅途中遇到了一條溝，一直想要跨過去，但是一直沒有跨過去。在這樣的辛苦中，盡量延伸每一個瞬間的喜悅。她形容自己在做氣機導引時，每天學嬰兒的翻滾，流了很多汗，只為了想重回到初生時的鬆軟。這段時間她藉爬山鍛鍊體力，和大自然中的一草一木對話，追逐風追逐太陽。她說，她其實也罹患了另一種病，叫做「生命遲緩感受症」。

黃黎明走了，太陽花運動也選擇了「轉守為攻，遍地開花」暫時告一段落，但是許多人的心靈也都有了巨大的改變。王小棣以她長期在影視上的創作得到了二〇一五年的國家文藝獎，之後，她和黃黎明一起完成的連續劇《刺蝟男孩》也獲得了二〇一五年金鐘獎最佳戲劇獎，黃黎明也以她長期對電視品質的提升得到了二〇一五年金鐘獎「特別貢獻獎」。王小棣的好朋友都知道這一連串稍稍遲來的獎項對她而言，是多大的遺憾，一點也無法減輕她內心的悲傷。

對我而言，始終對自己當初在立法院內，用電話力邀王小棣下山來助陣的衝動覺得很不體貼。我應該能感受到那一刻，她正在陪伴黃黎明的焦慮和急切。或許，有些人也是懷著各類不同複雜的情緒，毫不猶豫的投入一次又一次的公民運動。我只能用這樣的理由安慰自己。我知道，在未來的許多和公義相關的社會議題上，我們這群朋友們一定會並肩作戰。王小棣，你好好休息一段時間，我們大家會耐心的等你歸隊。我們的戰鬥尚未停止，未來重建社會的道路，我們還要一直走下去。

讓我們一起往相同的方向凝望

愛絕不是互相凝望，而是一起往相同方向凝望。

——安東尼·聖修伯里《風沙星辰》

隨著年齡的增長，我對人生有了很簡單的想法，那就是人可以用一輩子的時間學習付出和承擔，然後享受在付出和承擔之後的甜美果實。人生最美好的事情便是，你能找到願意和你一起付出和承擔的朋友。

所謂物以類聚，經過漫長歲月，我總算擁有了不少這樣一群好朋友。「紙風車兒童劇團」從二〇〇六到二〇一一的五年內完成了全台灣三一九鄉鎮的兒童鄉村藝術工程之後，在這四年又重新啟動了三六八市鎮的兒童藝術巡迴表演。在偏遠地區兒童教育方面，我們也成立了「快樂學習協會」，設立陪伴偏鄉兒童課後學習和生活的「祕密基地」，陪伴著偏鄉資源匱乏的兒童的學習。我和我的朋友們也繼續推動已經進行了快滿十週年的「千里步道運動」，希望能藉由全台灣步道的串連，重新建構台灣土地的倫理，拯救台灣已經支離破碎的大自然生態系統。為了反對核四運轉給台灣帶來永遠無法彌補的浩劫，我們一群導演和作家們從「我是人我反核」的快閃行動，茁壯成「不要核四五六運動」，在七百個日子中，我們每個星期五的六點鐘，準時在中正紀念堂風雨無阻的進行了一百次的戶外肥皂箱的演講和音樂表演，也因此認識了更多在不同領域中進行人權、土地、歷史文化等公民運動的夥伴。當我的人生進入了初老階段之後，對於自己的故鄉，最想付出和承擔的正是教育、文化和生態這三方面。

台灣的教育制度和內容一定要翻轉。我們不要集體式的、填鴨式的教育。舊式的、不合時宜的教育制度和內容只有將孩子們困在死寂的牢籠裡，找不到未來的可能方向。那些陳舊腐朽的制度和內容也教不出有創造力和想像力，甚至專業能力、生活能力的小孩。台灣人的未來永遠是辛苦工作過勞死，因為產業永遠無法提升，微薄的利潤只靠政府不當的優惠和補貼。我們的孩子將沒有能力適應全球新時代的來臨，更沒有能力為社會創造一個全新的未來。如果沒有認清楚這樣的教育大方向，所謂的十二年國民教育和廣設大學的教育改革都成了失控又荒謬的政策。

台灣的文化和價值觀一定要翻轉。我們不要一直停留在到底是「中華文化」淵遠流長偉大，還是本土文化才是真正的台灣文化那種強烈的對抗，用力的互相否定，讓意識形態左右我們的思考和判斷，那是政客們和御用學者們的陰謀。真正的文化發展不是靠相互否定，反而是靠長期的累積和沉澱。靠由下而上的自然發展，不是靠由上而下的指導和引領。我們要尊重、包容，甚至欣賞所有曾經發生在我們島上的文化，包括曾經引領世界文明的台灣南島民族的文化和不斷增加的新住民文化，當然也包括了漢文化和日本文化，甚至歐美文化。很自然的發展出一種屬於我們自己獨特的、豐富的、進步的文化。我們的電影、舞蹈、音樂都曾經深深影響過華人世界、亞洲甚至歐美，我們可以透過藝術文化走上國際舞台而不自卑，相信我們一定做得到。

台灣面對生態環境的態度一定要翻轉。我們曾經擁有世界上罕見的美麗山林和河川、雨水充足土壤肥沃的稻田和多元的動植物。如今在一切以經濟發展和土地開發做為藉口的大前提下，使得大好山河破碎，乾淨的天空和土地都已經被污染，這些難以復原的破壞只圖利了台灣少數的人，大部分辛勤工作的善良百姓最後都成了受害者，他們無法好好享受環繞在他們四周的美麗豐富的大自然。

對於二〇一六年極可能的又一次政黨輪替，我想替善良的百姓說些話。政黨輪替不是把人民所賦予的權力和人民該擁有的資源，從某個政黨轉到另外一個政黨手中，更不是從一個舊的利益共犯結構換成另一個新的利益共犯集團。過去每次的政黨輪替，我們看到不少原本是清新的改革者快速輪替成貪婪腐敗的濫權者，我們看到的，仍然是那種走後門拉關係的賄賂政治。而我們辛勤工作、乖乖納稅的善良百姓卻永遠只是輸家。

安東尼・聖修伯里在他的名著《風沙星辰》中有這樣的名句：「愛絕不是互相凝望，而是一起往相同方向凝望。」如果此刻你凝望的方向和我們一樣，你就是我們的好朋友。進入初老階段的戰後嬰兒潮世代，更應該對社會的未來多一點付出和承擔，而不是扮演阻礙社會進步和改革的保守分子，只肯凝望著自己的既得利益以度餘生。

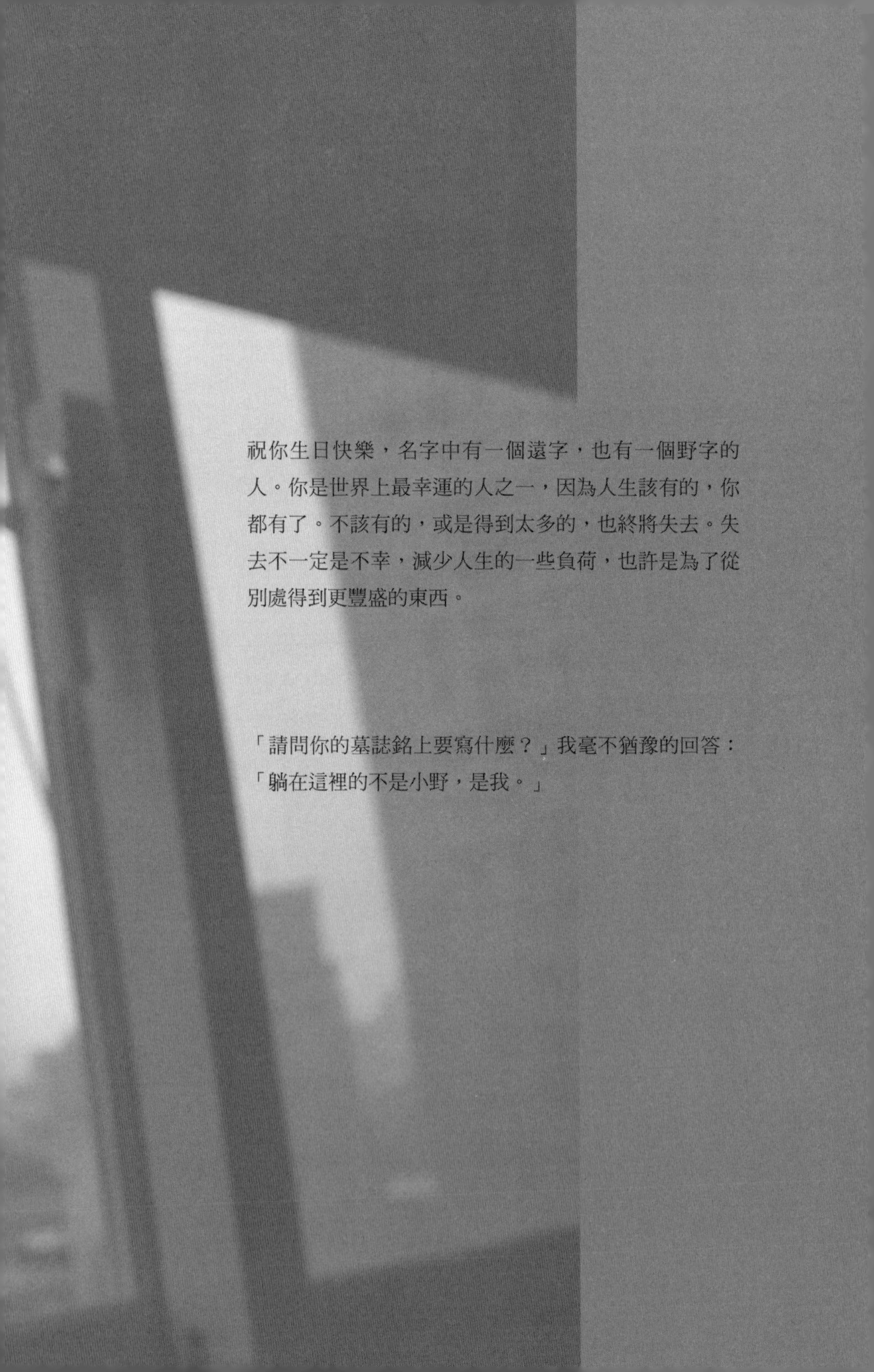

祝你生日快樂，名字中有一個遠字，也有一個野字的人。你是世界上最幸運的人之一，因為人生該有的，你都有了。不該有的，或是得到太多的，也終將失去。失去不一定是不幸，減少人生的一些負荷，也許是為了從別處得到更豐盛的東西。

「請問你的墓誌銘上要寫什麼？」我毫不猶豫的回答：「躺在這裡的不是小野，是我。」

輯五

初老甦醒

——每天每天給你的問候和祝福

殘忍和慈悲

孫子生病了，發燒流鼻水。睡睡醒醒。

我放他的姑姑帶來的生態影片《海洋》，從地球上最早的生命起源說起（其他的還有《沙漠》等）。

我安排他坐在木製沙發上，他很開心的說，這樣很像在搭船。

這是他第一次看知識性的影片，但是他對於海洋和生物並不完全陌生。因為他看過真正的海，看過真正的魚、烏龜和鳥，也看過池塘內生物之間的殘酷掠奪。他也搭過船。

平日和我最常玩的遊戲便是搭船出海捕魚和發生船難。他是船長，我是大鯊魚。

有人曾經問，這些生物之間的掠奪和攻擊是不是太殘忍了？適不適合三歲以下的孩子看？

我覺得，人才是地球上最殘忍的生物，人類了解了殘忍，才能真正了解慈悲的可貴。

後來孫子坐不住了，便躺在我懷中繼續看。不久他說：「阿公，我累了，我要上樓睡覺了。」

睡醒後，他說：「阿公，我想看《沙漠》。」

大海一般的男人

孫女身體不舒服，睡睡醒醒。每次哭了，我就走進去她睡覺的房間，拍一拍。如果仍然哭，就抱一抱。這樣來回數次。之後才慌張去開會，結果所有資料都忘了帶。

孫女喜歡貼著阿公的胸，傾聽阿公的心跳。我口中唸著：「阿公拍。阿公拍。阿公拍完了誰來拍？還是阿公拍。」

她喜歡我這樣唸，我看不到她的臉，但是我知道，她正閉著眼睛在笑。她的笑迷死人了。我為了這樣的笑，願意多活幾年。

希望她長大以後，能遇到一個像大海一般的男人：胸襟開闊、內心柔軟、意志堅強。疼愛她、欣賞她、鼓勵她、尊重她。

更重要的，是賺錢給她隨便花，不吭一聲。

哎，阿公想太多了。這樣的男人在現在已經是稀有動物了。還是阿公自己做比較簡單。

阿公拍。阿公拍。阿公拍完了還是阿公拍。

馴服

小時候讀《小王子》，讀到狐狸要小王子「馴服」牠，因為被「馴服」的感覺非常奇妙、幸福和快樂。

當時我不太明白。因為我把馴服解釋為屈服。我自認為自己一直是個很不容易被「屈服」的人。從嚴肅的爸爸到痛毆我的老師，從威權體制到官僚文化，我都保持抵抗的心情，始終抗爭到底，就是不屈服。

直到這些年，我重讀《小王子》終於明白，馴服不是屈服，而是相知相惜，而是愛。我們會因為一個人的愛和疼惜而被馴服。

最近有一本新的青少年雜誌《青春共和國》做了《小王子》專題。二魚文化重新出版精裝本的《小王子》、《夜間飛行》和《風沙星辰》，非常精美，值得保存。

你有沒有被某個人、某本書、某件事情完全「馴服」呢？

初老之後，改變最大的便是不再以自我為中心的看待世界，也漸漸學會和別人建立起相互關懷、彼此在乎的人際關係。感官逐漸甦醒，世界逐漸清明，我變得非常愛哭，好像重新回到童年那個愛哭的自己。

心，逐漸軟，終於馴服在許多生命中奇蹟般出現的人、事、物上。我喜歡現在的自己。

一天又開始了

生命中有什麼真正值得你愉悅、慶幸的大事呢？是升官或發財了嗎？是遇到貴人或是愛人了嗎？

不。不。不。這些只不過是你命中早已經注定的，而且也不意味著這些大事一定帶給你幸福。有人升了官卻失去了健康，有人發了財從此人生失控、毀滅，遇到貴人和愛人，如果不在對的時候，一切也是徒勞。

對我而言，人生最大的快樂是，當我睜開眼睛，發現天光微亮，鳥鳴不斷，偶爾傳來人聲。睡在隔壁房間的家人還在夢中，牆上的那幅畫《日與夜》像是給我的一道謎題，足夠我一生的追尋和發現。

我的呼吸並沒有停止，我的一天又開始了。應該沒有比這件事更值得慶幸的事了吧？因為我熱愛生命的本身，我眷戀著人生。

你，醒了嗎？這應該是有風的一天。

又是充滿戰鬥力的一天

最近因為小外孫住在我們家，所以我已經自動調整作息時間，六點半就醒了，是全家最早起來的。效果是減肥成功。

小外孫非常黏他的媽媽，只要醒來就像樹懶一般攀住媽媽。可是媽媽要上班，所以我們得用許多方式分散他的注意力。要有超高智慧和耐心。

女兒每天要工作又要照顧兩個孩子，身心俱疲。我們一定要支持她！我們要保持健康和旺盛的精力。何況，白天另外兩個頑皮又可愛的孫子、孫女也要準時報到。

這正是我們戰後世代，進入初老的心情。為了下一代和下下一代，還有上一代。我們只能戰鬥不懈。

禮物的價值

送禮物和收禮物，都是人生中最容易被記憶的事情。過去我總是忽略了這樣你來我往，表達彼此在乎的人生大事。

住在美國南方的弟媳婦阿亮，是個最懂得如何送禮物給親友的人。她自己生活簡樸，卻很有品味。平日有機會逛百貨公司時，只要看到某些禮物適合哪些親友，就注意打折的時間，在適當的時機搶先買下來放在家中貯存著。她返回台灣時最常送我襯衫和T恤，並且引導我穿色彩比較豐富、青春的上衣，像紅色、青色、黃色。她改變了我對穿衣服的觀念。

最近她回台灣，又送了我三件上衣，其中包括了紅色細條紋襯衫，第二天，我就立刻用上了。因為當天正好有一場評審會，主辦單位提供了背板的設計和顏色，希望評審們配合穿著。

如果是從前，我從來不在乎這些所謂穿搭及背板之間的搭配，因為我連想都不會想，認為那真是小題大作，有誰會在乎這種搭配？

可是那天晚上，忽然心血來潮，想到阿亮送我的那件紅細條紋襯衫，似乎很搭配黃底細紅線條心形的背板。更重要的是，送禮物的人的心意，一種來自遠方飄洋過海的珍貴情誼，我決定要立刻穿上。而且是立刻。

我試了幾種搭配襯衫的內衣顏色，也許對別人而言，這是很一般、很普通的行為，但對我而言，記憶中這竟然是生命中的第一次試著搭配穿著。

第一次這樣慎重，表示我很在乎這場決審會議，表示我終於開始注意自己的穿著搭配，表示我好喜歡這件弟媳婦送我的禮物。

之後，我很得意的把照片秀給女兒看，女兒笑著說，這樣穿不錯，但是，應該要燙平一下更好看。過去女兒似乎也很不在意這些，去了積木出版社，對食、衣、住、行各方面都有更上層樓的品味，所以我常常向她請教。

人到初老，才開始在意這些事情。我也開始注意哪些禮物適合哪些親友，表示我在乎他們，表示我越活越能想到別人的喜好。於是我經過商店時，會想到阿亮愛吃什麼？然後買去給她吃。一點點的小小心意，在我初老階段卻是向前跨出的一大步。

「我好愛阿妹」

清晨五點半，我驚醒。昨夜難得夜遊的女兒不知道回家沒有？我推門而出，每張床都睡著家人，在黑暗中白色的棉被如浪，熟睡的、疲憊的人如入港的船。

我隨手拿起一本枕頭旁邊的書，是《小王子》的作者安東尼·聖修伯里的另一本書《夜間飛行》，翻到那一頁，我記得作者形容飛行員的妻子醒來時，見到熟睡的飛行員先生的裸露身體時，正是用入港的船來形容。

某天下午我陪孫子和小孫女睡覺，因為是小孫女先睡，所以我和孫子都小心翼翼的躺在小孫女旁邊。小孫子盯著妹妹看，忽然抬頭用非常低的聲音對我說：「我好愛阿妹。」

我在昏暗中，我眼中有淚。因為這樣的畫面和這樣一句話，真的是人世間最美的畫面和言語。而且，我想到了自己的妹妹。

我曾經自認為自己是這樣好愛妹妹的哥哥，可是當中年的妹妹在一次崩潰中打電話給我說：「大哥，你是這世間給我最大壓力的兩個男人之一。另一個是爸爸。你們對我的期待超過了我的能力。」之後，她一直哭，一直哭。我愣在電話機旁，很平靜的說：「你盡量哭吧。妹妹，對不起。我一直以為我好愛你。」

之後不久，她死於腦溢血。那時她才四十八歲，她的女兒才十二歲。

我此刻的淚水已經止不住的流，流溼了棉被和枕頭。如窗外的雨。

愛，真的好珍貴，卻也真的好難。妹妹，你的死，和死前的話，是我一輩子的痛。真的對不起。為此，我不知在深夜中痛哭多少次。希望你已經原諒我了。

當孩子丟出問題的時候

推著小外孫去植物園玩。回程經過一家小書店，阿媽進去尋找給孫子們玩的東西。我推著小外孫在門口等待。

一個很漂亮、機伶的小女生發現了地球儀，抱著地球儀問她的媽媽說：「我們家在哪裡？」沒有人回應。她用大眼睛看了我一眼，我忍不住轉動地球，告訴她說：「這裡是太平洋，我們都住在這個島上。這個島叫做台灣。」

女孩非常開心，開始轉動地球，然後指一個地方問我說：「是這裡嗎？」她從來沒有指對過，我也一次又一次重覆替她找，我很有耐心，也很溫柔。

我想到除了寫作之外，在不久的未來，我還可以有一份新工作：「鐘點阿公」。收費方面，有錢人極昂貴，弱勢免費。

付出和承擔

兩個人彼此凝望，是愛情。
兩個人凝望同一個方向，是婚姻。
許多人凝望同一個方向，是國家。

我瞧不起天天只出一張嘴指導別人或是批評別人的台灣人。也瞧不起那些不必辛勤工作卻不勞而獲的台灣人。更瞧不起把自己的幸福建立在別人痛苦的台灣人。

我再也不崇拜偶像或英雄，我只尊敬那些默默付出、默默承擔一切的平凡百姓，是他們凝聚了這個國家，是他們讓這個社會可以向前行。

寶貝在哪裡，月亮就在那裡

早晨六點半醒來，找不到隊伍歸隊的噩夢使我頭痛欲裂。之前夜裡喝了兩杯酒精濃度十二的香檳，心情有點鬱悶。難得小外孫尚未醒，我又再躺了一下。

每次女兒要上班，小外孫就哭天搶地好像世界末日。今天我乾脆陪女兒抱著他下樓，在巷口等來接女兒的公司主管，她們要去參加一個活動。小外孫迷戀散步，所以當媽媽上車時，他只狂哭十秒之後立刻面對現實，享受被外公抱著在巷弄間散步的樂趣。

我們去看巷弄間那棵有五層樓高的老榕樹，去摸木瓜樹的樹皮。當初我們看到這棵巨大的榕樹聳立在巷子底，就愛上了這裡，於是買了房子，一住就快三十年。

我抱著他在大榕樹附近走啊走的，迎面來了一輛摩托車，女騎士戴著口罩，穿著天藍色擋風外套，小外孫大叫一聲，那是他的保母，從出生帶到現在一歲半的保母。我們終於等到了迷戀他的保母。他們像戀人般擁抱著。

晚上保母要回家了，小外孫又鬼哭神嚎起來，好像有千年的冤屈。我正好從外面工作返回，立刻又重覆早晨的把戲，只是記得多帶一台嬰兒車。幼兒有自己的生存之道，在他們心目中的大人有個簡單順位，依照顧多少和安全感多少排出來的，嘸魚蝦嘛好，遇到烏龜也暫時當龜兒子或女兒，一切只為了存活下去。

我們又在巷弄內散步。月亮在大榕樹梢漸漸上升，小外孫安安靜靜的看著前方，像是被一種神祕的力量召喚著。我蹲下來教他辨認月亮，因為巷弄的路燈全亮了起來，所以我不知道他看到什麼。於是我用手托住他的下巴往上看：「你看，月亮在那裡！」之後，我就自創了一首歌，反覆唱著：「寶貝在哪裡，月亮就在那裡。」

我們一直走著一直唱著，我只要問他：「月亮在哪裡？」他就用手托著下巴把頭抬高，或許，他以為月亮指的是他的大頭。他的頭真的很大很大。我小時候的乳名便是大頭。

下班時間不時有車子駛入巷子，我都提早閃避，直到有一輛銀灰色轎子駛向我們，女兒在車子內大叫小外孫的名字。車內坐著小外孫的媽媽、阿媽和哥哥。

我們終於等到了一車子的家人，大家搶著抱小外孫。「月亮在哪裡？」我試著問了一句。小外孫看也不看我一眼，因為我在他的順位中排名很後面。我知道，但不介意。

因為我和他散步是自得其樂，是為了我自己，而不只是責任和愛。他永遠是他自己，而我永遠也是我自己。能輪到我陪伴他，是我的幸運和幸福。

阿公的兒童餐

凌晨四點醒了。起來在黑暗中走走，喝水。

如果是過去，我一定再回去睡，六點也一樣。甚至八點。之後便會記得回去睡的那些噩夢，因為淺眠。

我很喜歡熬夜。因為我喜歡深夜的寧靜，可以寫作或看書。明明已經初老了，卻過著像年輕人一般的生活。年輕時我為了寫電影劇本或小說，常常寫到天亮，之後去上班。記憶中的爸爸，經常是這樣日夜不眠不休的工作著。

協助照顧孫子和孫女的這一年多，起床時間向前調到八點。最近因為小外孫住過來，他六點半前後就醒了，於是我起床時間再往前調到六點半。其實我很想早睡早起，如果能更早一點，像現在，四點，不就可以享受我的最愛——深夜？

小外孫忽然哭了，女兒抱他走出房間，女兒說他是做噩夢。我反正醒了，便走出去輕輕拍他的背，並且發出大提琴般的低鳴，當做催眠曲。他很快便安靜了。

因為白天四個孫子孫女都會送來家裡，兩個大的在頂樓玩沙子，兩個小的在樓下吃飯、玩耍。我急著出門找地方寫作，積欠了三篇專欄文章，一定要交了，我心急如焚。

正要出門，聞到小孫女屁股臭臭的，我二話不說就抱起來收拾她的「排遺」。用生物學名詞來說，這表示阿公順便要當個醫院檢驗師，檢查糞便是否正常。我抱她去浴缸洗屁屁，我一手拿蓮蓬頭沖她屁股，一手替她洗屁股，又要忙著調水溫。為了怕弄溼她的裙子，我乾脆低頭咬住她的裙子，狀至狼狽。不久，小孫女便滑了一跤。她沒有哭，她很冷靜。

之後我拿起一本繪本想陪她說個故事再去工作。我隨手拿了一本比較沒有故事的《完美的正方形》開始說。小孫女看到桌面上的碗裡還有一小塊豆沙包，她毫不猶豫的抓起來便啃，然後對我微笑，非常幸福的笑容。不是因為阿公陪她講故事，而是她太喜歡吃，她很能享受吃食物的樂趣。是她的貪吃教會了我吃的樂趣。

我對她說：「阿妹，看來你重視物質生活超過精神生活？」阿妹並不否認，因為她立刻站起來去找在廚房煮食物的保母，然後坐在地上和小外孫一起玩烹飪的遊戲。我趕快拍了幾張照片，起身離去。

我選擇在麥當勞寫作。我在櫃檯點了兒童餐。六十九元，一個小漢堡、一份沙拉、一杯檸檬紅茶。外加一台可愛的餐車玩具，這才是重點。櫃檯後來來了一個新手菜鳥，忘了給我玩具。

「給我玩具！」我對她大聲的說，她嚇了一跳。

之後，我才安心工作。心想，只有一台餐車，要送給哪一個孫子或孫女？有點煩惱。

手足情深

清晨四點半我又醒了。或許這正是初老的生理節奏。遠方的天空呈現奇異的暗紅色，這一天是我二姊生日。

我和二姊的生日差一天，所以從小我們都是一起過生日，一直到現在。我們姊弟倆上有非常會讀書一路直升的大姊，下有兩個後來都拿到博士學位的聰明弟妹，夾在中間的我們，有點父不夠疼母不夠愛的狼狽。（不是狼狽為奸喔！）

我們兩人的生日在大姊買了一個波士頓派蛋糕和兩根蠟燭，強勢主導下已經在幾天前早早慶祝了。這是我們家大姊一向的風格，不容任何人質疑。就連我大學聯考的志願表，她都可以強勢主導，要我把公費的「師大生物系」填在醫學院前面，只因為她要出國留學，她預估我們家不可能有餘力支援我讀比較貴的大學，所以最好我能考上公費的師大。

我的二姊也是在這樣的資源分配下，放棄已經考上的日間部大學，轉為考師大英語系夜間部，白天去工作賺錢。畢業之後也放棄留學，繼續上班協助家計。外表美麗溫柔的她，從小扮演大哥的角色，因為她非常勇敢而強悍。只要有高年級的男生敢霸凌我，她一定率人衝進對方的教室反擊，甚至在外面巷弄攔截，打到對方求饒。

在成長的路上，我的二姊就一直用這樣的方式疼愛我、保護我。我開始寫作發表時，她會假裝愛慕我的讀者打電話或投書給報社，表示欣賞我的作品。我的書出版了，她會強迫男朋友去推銷我的書，自己也去搶購一批。書展時，她乾脆自己設計海報去張貼。

有一年我因為挺身而出，支持了當時還是非常弱勢的反對黨，成了頭條新聞。我的父母親被他們熟識的親朋好友譏諷，鬧到要和我斷絕往來，兄弟姊妹們一時不知所措。只有我的二姊挺身而出，寫了一封很長很長的信給父母親，大概內容是讚美我這一路上如何孝順父母、友愛手足，是一個非常善良的孩子，父母親應該尊重我的政治立場。其實我並不怪父母親，因為我們家族中有人因為白色恐怖被槍決，也有不少親友有牢獄之災，父母親非常反對我對任何政治主張表態。他們覺得我太傻、太衝動，應該潔身自愛。

後來我有機會讀到二姊給父母親的長信，一直哭一直哭，內心的委屈沾溼了信紙。我非常確定，這世界上至少有一個人是非常堅定的愛著他的手足的，她便是我的二姊。二〇〇六年，我出任公共化之後的華視總經理，天天飽受黑函攻擊及其他的壓力，已經篤信基督教的二姊天天傳真一些經文給我。一九九八年爸爸走之後，她也毅然決定接媽媽和她同住，照顧媽媽一直到媽媽離去，整整十年。媽媽走後，二姊對我說：「媽媽的房間是套房，有自己的衛浴設備，以後就給你當工作室。」

我在那間充滿媽媽味道的房間工作了五年，直到二〇一三年才另覓自己的工作室。這些年常常和兩個姊姊就近爬山，思念母親。我們手足都進入初老的年齡，更加珍惜這樣難得的手足之情。也謝謝父母親沒有留下任何房子和遺產，刺激我們手足相殘。（多少手足因此相殘？）

每回想到二姊對我的好，我都想要哭。小時候因為太愛哭，幼稚園的同學和鄰里間用台語「愛哭十」來稱呼我，我的二姊就被他們稱呼為「愛哭十的姊姊」。

愛哭十的姊姊，生日快樂。我愛你。

祝你生日快樂！

在黑暗中醒來，開燈。五點二十。很早的早安。親愛的朋友，你醒了嗎？

上午去台北火車站處理火車票，因為即將要去台東知本老爺酒店做一場演講。原本四人同行，臨時改成兩人。

之後，我決定在火車站的微風廣場覓食。其實距離中午尚有一段時間，但是我急於先解決中餐，再找個地方寫作，等待下一個行程。一個人覓食最能夠了解自己是誰？因為你喜歡吃什麼，就代表了你是誰？（You are what you eat.）

我毫不猶豫的走向了小吃廣場，我走向了台南担仔麵，簡單的點了一碗有滷蛋的麵和一盤蚵仔。兩個中年女店員笑了起來，一個說：「啊，你就是那個作家。有一個遠字的。」另一個直直瞪著我，有點是在丈母娘看女婿或是相親的那種看法，然後像在猜燈謎一樣，說：「不是，是有一個野字。」我宣布答案：「你們都對了一半。」

他們給了我一張紙，上面用原子筆寫「716」，提醒我，這是我今天的幸運號碼。他們一邊準備我的食物，一邊繼續瞪著我，猜我到底叫什麼名字。其中一個又想到了關鍵字：「華視！」沒有錯，二〇〇六年，五十五歲我人生進入初老的起點，以為進入了人生的巔峰，其實是一切歸零。重新開始了另一段人生。

簡單解決了中餐之後，我便去我最愛去的那家可以看到火車站廣場的咖啡店，真幸運，只剩一張靠窗位子，那正是我的最愛。我點了一杯熱量太高、最不利健康的榛果拿鐵和一塊波士頓派。點波士頓派只因為前幾天大姊買了波士頓派給二姊和我過生日。我很感動。我只是想延續我的感動。

我喜歡坐在這個位子，一邊寫作一邊看著人來人往的火車站廣場，一邊等待。通常都是等待搭高鐵去另一個城市旅行或工作。我喜歡這樣的時刻：等待、出發、到達、回家。一切那麼順理成章，彷彿人生的縮影，我們什麼也無法擁有或改變，除了這樣的過程。

最近這一陣子，我正在為接下來要出版的書作準備。成為一個作家是我生命中最幸運的事情，因為我的工作便是我的生活，便是我的生命。時時刻刻，對我而言，都在工作，也都在生活。

祝你生日快樂，名字中有一個遠字，也有一個野字的人。你是世界上最幸運的人之一，因為人生該有的，你都有了。不該有的，或是得到太多的，也終將失去。失去不一定是不幸，減少人生的一些負荷，也許是為了從別處得到更豐盛的東西。

剩下的人生，是尋找還有什麼錯過的快樂和美麗。這正是你接下來要在台東知本老爺酒店演講的題目。有女兒陪伴你去，真是幸福滿溢。

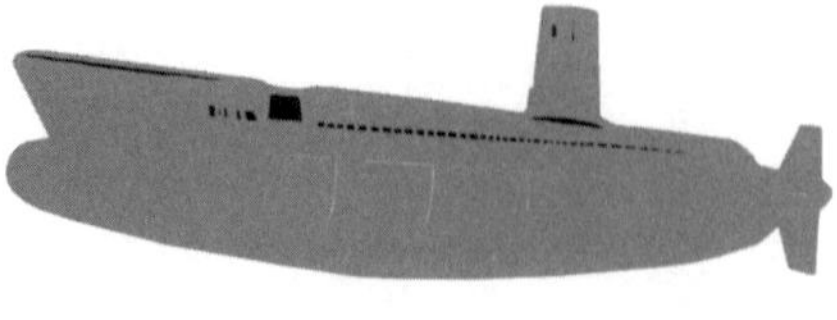

躺在這裡的不是小野，是我。

在黑夜中醒來，渾身都是汗水，有點溫泉的味道，時間竟然是凌晨十二點半。這是很多人尚未睡覺的時間，卻是我清醒的時間。日與夜的界線已經模糊了，我處在混沌的日與夜的時間狀態中，如同我的身體、衣服和棉被的關係，被汗水黏在一起了。

通常會這樣，都是因為正在做噩夢，噩夢往往是一輩子的事。如果是處於真實狀態，那就是生病了，或是太累了，早早就躺在床上睡著了，之後便在這樣尷尬的時間醒來。

這一天到底發生了什麼事？這一天是我跨越了生日之後的第一天，意味著自己生命又多了一歲。

的確是很奇異的一天。清晨在家裡醒來就開始渾身不對勁，腸胃像是發炎。偏偏我在台東知本老爺酒店有一場演講，有女兒同行。上次和女兒同行是去馬來西亞一起巡迴演講，那時候她正懷著第二個兒子。當時，女兒還很幸福的說，這個尚未出世的兒子已經是第二次和她搭飛機旅行了。

轉瞬間這個小外孫已經一歲半。在婚後四年內成了兩個孩子媽媽的女兒，同時上班兼育兒，身心俱疲，連去看一部電影的時間都沒有，所以我說服她排除萬難和掛念，從這樣的不斷下墜的漩渦中暫時脫身。「難得放空，對自己好一點。」女兒個性像我，比較替別人想，常常忽略了自己真正的渴望和需要，對自己比較殘忍。

我們過去常常用書信相互勉勵，提醒自己一定先學會愛自己，把自己活好，才能用健康的心態愛別人。一味用壓抑自我、取悅別人的方式愛別人，終究會有委屈和心理不平衡的情況。「如果你能把自己活好，就是最疼愛子女的方式。」女兒在我進入初老階段時給了我這句。如今，輪到我用同樣的話語回送給這些年承受超過自己負荷太多的女兒。

我們就這樣搭了四小時的火車，半小時朋友齊萱的車，一路來到了台東知本老爺飯店。連續兩餐我幾乎是禁食，演講現場原本有準備了椅子，我怕說話沒有力氣就站著講，之後一如過去的每一次演講一樣，我用盡全部的心力一口氣講了兩個小時，好像進行一場台上、台下一起的心理治療。台下有人淚流不止，有人沉睡不醒，如同混沌日夜。

當我坐回椅子喝口水時，雙腿幾乎有一種要抽筋的疼痛，頭暈腹部虛空。接著拍照、簽書、微笑，並且從不同世代、年齡的朋友拿出來不同時候出版的書籍的過程中，迅速的和自己漫長的四十多年不同階段的讀者們重逢。

大部分的朋友都是第一次見面，有人熱淚盈眶地說，沒有想到這一生可以這樣相見。或許，這正是我一生中最想等待的畫面和鏡頭。做為一個寫了近百本書的人，這不就是我想要的人生嗎？

就在我以快虛脫的衰弱狀態完成了像一場既是儀式又是慶典的活動時，女兒已經洗了溫泉逛了飯店，並且給自己買了兩副耳環。朋友忍不住說，剛剛才形容枯槁憔悴的女兒，怎麼一瞬間容光煥發美麗很多？和女兒提早共進了豐盛的晚餐之後，我便完全不支倒在床上，立刻昏睡。直到此刻，凌晨十二點半。這期間，女兒又去山上洗了露天裸湯和室內溫泉。好久好久都沒有這樣對待自己了，好久好久想的做的都是為別人了。我們似乎習慣殘酷的對待自己。

我在日夜混沌的狀態中，回憶著自己已經逝去的歲月，自己做的每件事情，都像是白天的那場演講，繃緊神經全力以赴直到筋疲力竭。外表看似從容、幽默，舉止瀟灑、優雅，其實是掩飾著內在的那股焦慮和不安。

就像高中跑三千公尺，從最後一名慢慢超前每一個人，我要的是超前別人時的那瞬間，四周觀賞者的掌聲。我用了超過自己負荷的速度向前衝。我微笑，揮手，瀟灑極了。最後倒在終點線上，抽筋，被同學扛著離開跑道。我無法親自上台領獎。扛著我離開的同學說，李遠，你太棒了。我們班拿下全校田徑總冠軍。

最近一次商業周刊的訪問，記者用快問快答：「請問你的墓誌銘上要寫什麼？」我竟然毫不猶豫的回答說：「躺在這裡的不是小野，是我。」

人生進入了初老，最重要的是，我要努力成為原來的自己。而那個叫做「小野」的人就會更接近真實的自己，一個不再那麼想討好全世界的我自己。

已逝去的人生
如同在旅店甦醒前那些破碎、模糊、褪色的夢，
初老便是清醒後，那頓從容自在的早餐。

國家圖書館出版品預行編目資料

人生,不能什麼都要 / 小野著.-- 初版. -- 台北市 : 麥田出版 : 家庭傳媒城邦分公司發行, 2016.01
面； 公分. -- (小野作品集 ; 26)

ISBN 978-986-344-297-4 (平裝)

855 104026956

小野作品集 26

人生，不能什麼都要

作　　者　小野
責任編輯　林秀梅　林毓瑜

國際版權　吳玲緯
行　　銷　艾青荷　蘇莞婷
業　　務　李再星　陳玫潾　陳美燕　枡幸君
副總編輯　林秀梅
副總經理　陳瀅如
編輯總監　劉麗真
總 經 理　陳逸瑛
發 行 人　涂玉雲

出　　版　麥田出版
城邦文化事業股份有限公司
104台北市中山區民生東路二段141號5樓
電話：（886）2-2500-7696 傳真：（886）2-2500-1966、2500-1967
E-mail：bwps.service@cite.com.tw
發　　行　英屬蓋曼群島商家庭傳媒股份有限公司城邦分公司
104台北市中山區民生東路二段141號2樓
書虫客服服務專線：(886)2-2500-7718；2500-7719
24小時傳真服務：(886)2-2500-1990；2500-1991
服務時間：週一至週五09:30-12:00；13:30-17:00
郵撥帳號：19863813　戶名：書虫股份有限公司
讀者服務信箱E-mail：service@readingclub.com.tw
歡迎光臨城邦讀書花園　網址：www.cite.com.tw
麥田部落格：http://blog.pixnet.net/ryefield

香港發行所　城邦（香港）出版集團有限公司
香港灣仔駱克道193號東超商業中心1樓
電話：(852)2508-6231　傳真：(852)2578-9337
E-mail：hkcite@biznetvigator.com

馬新發行所　城邦(馬新)出版集團【Cite(M)Sdn. Bhd】
41, Jalan Radin Anum, Bandar Baru Sri Petaling,
57000 Kuala Lumpur, Malaysia.
電話：(603)9057-8822　傳真：(603)9057-6622
E-mail:cite@cite.com.my

設計排版　黃子欽
印　　刷　沐春行銷創意有限公司

初版一刷　2016年1月5日
初版六刷　2016年11月9日
定價／320元
ISBN：978-986-344-297-4

城邦讀書花園
www.cite.com.tw